¿Es sexy? ¿R

Queremos saber lo especial que es tu hombre.

¡Y que gane el concurso de modelo para una cubierta de una novela de Encanto!

Inscribe a tu hombre en:

EL CONCURSO DEL HOMBRE SOÑADO DE ENCANTO

El ganador recibirá:

¡Un viaje de tres días y dos noches, con todos los gastos pagados, a Nueva York!

Mientras esté en Nueva York, el ganador participará en una conferencia de prensa, una sesión fotográfica para una cubierta de Encanto, y disfrutará de compras, cenas, recorridos turísticos, teatros y ¡un sin fin de sueños hechos realidad en la Gran Manzana!

¡Y además el ganador saldrá en una cubierta de una novela de Encanto!

PARA PARTICIPAR: (1) Envíanos una carta donde nos digas en 200 palabras o menos por qué piensas que tu hombre debe ganar. (2) Incluye una foto reciente de él. Escribe la siguiente información, tanto sobre ti como sobre tu nominado, en la parte de atrás de cada foto: nombre, dirección, teléfono, la edad del nominado, su estatura y su peso.

LAS ENTRADAS DEL CONCURSO DEBEN SER RECIBIDAS EL 15 DE MARZO DEL 2000 O ANTES.

ENVÍA LAS ENTRADAS A:
Encanto Dream Man Contest
c/o Kensington Publishing
850 Third Avenue
NY, NY 10022

No es necesario comprar para participar. Abierto a todos los residentes legales de Estados Unidos, de 21 años de edad o mayores. Las entradas ilegibles serán descalificadas. Límite de una entrada por sobre. El concurso no es válido donde no es autorizado por la ley.

PASIÓN EN LA FRONTERA

Hebby Roman

Traducción por
Nancy Hedges

Pinnacle Books
Kensington Publishing Corp.
http://www.pinnaclebooks.com

PINNACLE BOOKS son publicados por

Kensington Publishing Corp.
850 Third Avenue
New York, NY 10022

Primera edición de Pinnacle: February, 2000
10 9 8 7 6 5 4 3 2 1

Impreso en los Estados Unidos de América

Para mis padres,

quienes me amaban y creían en mí
y me enseñaron que ningún sueño es
demasiado grande si estás dispuesta a
trabajar arduamente

Extraño a los dos

CAPÍTULO UNO

Leticia Rodríguez estaba sentada a un lado del brilloso escritorio de roble. Su banquero, John Clay Laidlaw, estaba sentado del otro lado. John Clay movía los papeles delante de él y la vio de reojo.

Puro drama, pensó ella, *está tratando de ponerme a la defensiva.*

—No puedo otorgarte un préstamo para operaciones, Leticia. Si estás dispuesta a hipotecar la tienda, podría darte el dinero en menos de tres días —cerró el expediente amarillo—. De acuerdo con la decisión del comité de préstamos —agregó.

—Nada de hipoteca, John Clay. No puedo lidiar con una hipoteca si voy a luchar contra la competencia.

Había sabido que la aprobación de su solicitud de préstamo era poco probable. Su mueblería no había mostrado ganancia alguna desde la inauguración de la primera cadena de descuento en el pueblo. Había esperado que John Clay la pudiera ayudar, como el viejo amigo que era. Pero parecía todo un empresario el día de hoy.

—Yo comprendo tu renuencia a aceptar una hipoteca, pero el banco necesita garantías.

—Y si dijera que mi intención era renovar la mueblería Rodríguez, ¿para acaparar un mercado específico?

Estirando sus dedos perfectamente manicurados, él descansó su mentón sobre ellos. Aun en la preparatoria, ella recordaba como había sido fanático de su arreglo personal. Mirando más allá de su cabello perfectamente peinado, y sus brillosos anteojos con armazón de acero inoxidable, buscó al muchacho que había conocido.

Siempre había sido guapo, y siempre había sido consciente de ello. Se había divorciado recientemente y según los chismes del pueblo, era todo un galán.

A pesar de su guapura y disponibilidad, ella no estaba ni tentada, aunque recordaba que ella, en la preparatoria, le había gustado a él. Ni siquiera para sacar el préstamo que tanto le urgía estaba dispuesta a coquetearle. Además, el hecho de haberle gustado al tipo en la preparatoria no significaba nada. Alguna vez ella se había considerado atractiva, pero ya no.

—Eso de acaparar un mercado específico suena prometedor. Con las empresas privadas, parece ser el giro del futuro, pero necesitaré mayores datos para el comité de otorgamiento de préstamos. ¿Podrías ser más precisa?

—Todavía estoy en la etapa de investigación —admitió titubeando—. No he planeado todos los detalles, pero estoy pensando en vender muebles hechos a mano por artesanos de las montañas, junto con algunas antigüedades.

—¿Tienes algo por escrito?

—No, pues necesito investigarlo más a fondo. He querido ir a las fábricas en las montañas, pero no he tenido tiempo.

—Me dará gusto revisar tu plan en cuanto lo tengas listo —vio su reloj, y ella intuyó que él quería terminar la junta.

Desesperada por conseguir dinero para mantener abierta la Mueblería Rodríguez hasta poder liquidar sus existencias, se negó a ser rechazada sin siquiera luchar.

—Yo soy accionista en este banco. Mi padre compró las acciones en 1970.

Él levantó la cabeza y estiró sus labios en una semblanza de sonrisa.

—Estoy consciente de ello. Las acciones preferentes están en la lista de tus bienes, pero no otorgamos créditos basados en el simple hecho de ser accionista del banco.

—Usa mis acciones como garantía para el crédito.

—No hay mercado establecido, Leticia. Somos el banco independiente más grande en Texas. Las acciones son privadas. ¿Cómo podríamos fijar un valor a las acciones?

—Basándose en el valor neto del banco, dividido por la cantidad de acciones otorgadas.

—Has hecho una buena investigación —hubo un destello de admiración en el tono de su voz—. Sin embargo, sabes que sería un cálculo inexacto. Las acciones preferentes generan dividendos, que aumenta los ingresos. Las acciones ordinarias no tienen dividendos. Al juntar los dos tipos de acciones y…

—Lo sé, se trata de un cálculo inexacto —lo interrumpió ella—. Pero, ¿qué mejor garantía para el banco que sus propias acciones?

John Clay movió la cabeza, negándose. Su expresión tenía la huella inconfundible de un adulto condescendiendo ante un niño precoz. La igualdad de los sexos en los negocios no había llegado al lejano pueblo fronterizo de Del Río.

De mala gana, él sacó su calculadora y se agachó para buscar algo en el cajón inferior de su escritorio. Encontró lo que buscaba. Ella reconoció la lustrosa portada. Era el reporte anual del banco. Consultando su estado financiero y la sección de acciones ordinarias en el reporte, hizo unas sumas rápidas.

—Tus acciones no cubrirán el monto del crédito que solicitas. Te faltan varios miles de dólares —anunció.

—Pero dijiste que había un ingreso extra en las acciones preferentes. Tienes que poder…

—Está bien, está bien, Leticia —la interrumpió—. Ya me has cansado —inclinándose por encima del escritorio y apuntando su dedo hacia el expediente, le ordenó—: Tráeme un plan detallado, completo con un estado financiero proyectado y un balance general, y pasaré tu solicitud al comité de nuevo. Sin embargo, no me comprometo en cuanto a la cantidad del crédito. Puede ser menos de lo que quieres. Es todo lo que puedo hacer.

Ella ya no tendría tiempo para visitar las montañas. Tendría que hacer su investigación por teléfono y hacer lo mejor que pudiera para formular los documentos.

Levantándose, ella extendió la mano.

—Comprendo. Gracias, John Clay.

A pesar de su aparente serenidad, no pudo ignorar el nudo que se le estaba formando en la boca del estómago. Amargamente, se dio cuenta que no se había logrado nada con esta junta. Todavía le faltaba muchísimo para lograr su meta.

Era durante momentos como éste que quería darse por vencida. Vender la tienda y volver a la universidad para terminar la carrera. Pero no se resignaba a hacerlo. Sus padres habían trabajado como esclavos toda la vida para establecer la Mueblería Rodríguez, y no habían criado a una perdedora. Su propio sueño tendría que esperar. En cuanto hubiera convertido la tienda en un éxito y ésta empezara a mostrar ganancias, ella terminaría su carrera.

El problema era que necesitaba el dinero ahora mismo.

Saliendo del banco, Leticia se subió a su maltratado Toyota Corola, y se dirigió hacia México. El licenciado Villarreal le había concedido una cita para la una de la tarde. Mercedes Treviño, su amiga y abogada, había recomendado a un abogado mexicano para ayudar con la situación internacional respecto a su organismo voluntario.

Revisando su reloj, decidió tomar el camino largo a México. El centro de Del Río estaba a dos millas del Puente Internacional sobre el Río Bravo. El camino que daba al puente se conocía como "El Lazo".

Empezaba en la salida del pueblo e iba hasta la salida para el puente antes de doblarse de regreso al pueblo.

El camino largo se conocía como la ruta panorámica entre la gente local porque ahí se encontraban las más finas y antiguas mansiones de Del Río, rodeadas por extensas tierras, así como la primera zanja de riego, que en otros tiempos había provisto el agua de riego para sus enormes jardines.

Cuando tenía tiempo, Leticia siempre tomaba el camino largo a México. El camino sinuoso y los paisajes familiares evocaban toda una serie de recuerdos. El otro lado de El Lazo, el camino corto, consistía en tierras llanas conocidas como La Vega, un laberinto enredado de maleza y caña, y salpicado con tierras dedicadas al pastoreo de ganado Brahmán.

Para ella, El Lazo simbolizaba una alusion al camino al cielo: de un solo sentido, árido y corto, dando la vuelta a la vida con sus multifacéticas posibilidades. El otro camino vibraba con el drama de la humanidad, pero era sinuoso y tedioso.

Pagando la cuota, pasó el angosto puente, preguntándose cuándo se pondrían de acuerdo las autoridades de los dos lados para ampliarlo. El puente apenas tenía amplitud como para dejar pasar dos coches, y era imposible durante el tráfico en días festivos.

Al llegar al lado mexicano, las autoridades observaron su cara y echaron una mirada fugaz hacia el interior del coche. Ella murmuró: "Nada", que significaba algo como el equivalente de "ábrete, sésamo". Un oficial mexicano, vestido con uniforme caqui adornado con suficientes condecoraciones como para pasar por general, la dejó pasar.

Encontró la dirección que estaba impresa en la tarjeta de Villarreal a unas cuantas cuadras de la calle principal dominada por letreros de neón, y directamente frente a la malparada plazuela central. Metiendo el coche a un patio convertido en estacionamiento detrás de la oficina, A Leticia le agradó tener un coche chico.

Al entrar al despacho para presentarse a la secretaria, la mujer levantó la cabeza y, disculpándose, dijo:

—Lo siento, señorita Rodríguez, pero el licenciado Villarreal no ha regresado de la comida. ¿Sería tan amable de esperarlo?

—¿Cuánto cree que tardará?

—Unos treinta minutos. Hoy es un día especial porque está pronunciando un discurso en el Club Rotario, y tardó muchas horas preparándose —su voz mostró algo de orgullo.

Leticia tenía una ligera idea de quién había sido la verdadera autora del discurso. Sin poder evitarlo, preguntó:

—¿Escribió usted el discurso?

Desconcertada, la joven abrió sus grandes ojos color café. Sacudió la cabeza.

—No fue nada, nada más una que otra palabra. Se lo pasé a máquina.

—Lástima que no pudo estar presente cuando lo pronunció.

—No es posible —contestó la secretaria secamente—. No permiten la entrada a las mujeres.

Durante un momento, Leticia estuvo sorprendida. A pesar de sus raíces hispanas, tuvo que ajustar su modo de pensar a las normas prevalecientes en México. Ella sabía que no permitían la entrada a mujeres en los clubes de hombres, especialmente en los pueblos provincianos como Acuña. Hacía apenas unos cuantos años que los hombres habían empezado a llevar a sus esposas a restaurantes y a centros nocturnos. Antes, los hombres salían juntos y las mujeres se quedaban en casa.

Y no era que su lado de la frontera fuera tan avanzado tampoco. Los prejuicios sexuales existían ahí también. Nada más que se manifestaban de maneras más discretas, como la actitud condescendiente de John Clay.

—Si va a tardar otra media hora, creo que voy a atravesar la plazuela para comprar un helado. Regresaré en veinte minutos —prometió.

—Muy bien, señorita Rodríguez.

Leticia asintió con la cabeza y abrió la puerta para la calle. Le gustó la sensación de ser llamada por su apellido de soltera de nuevo. Lo había recuperado al divorciarse de Gary, pero la mayoría de la gente en Del Río todavía le decían señora Fowler, y le molestaba mucho.

Parada en la acera de la calle, esperó que pasara un carruaje tirado por un burro antes de atravesar hacia la plazuela. Se dirigió a un carrito blanco sobre ruedas y pidió un raspado de limón. Atravesando hacia un banco, se sentó y probó la golosina empalagosa. La versión mexicana del cono de nieve era tan dulce que le destempló los dientes. No había tenido tiempo para comer y tenía hambre.

Levantándose de su asiento, tiró el cono medio vacío hacia un maltratado tambor de acero y vio su reloj. Faltaban diez minutos. Caminó de un lado al otro de la plazuela. El centro del pueblo no había cambiado mucho desde su infancia. Ocupaba una sola cuadra y estaba adoquinado con lozas de cantera desniveladas, levantadas por raíces de árboles.

Los árboles enmarcaban tres de los cuatro lados de la plazuela —árboles anémicos de origen incierto, de hojas secas y arrugadas, como si murieran por falta de agua. Bajo ellos había bancos de madera y una asombrosa variedad de pequeños negocios, desde puestos para boleada de zapatos hasta vendedores de tacos. En el centro de la plazuela había un busto de bronce de algún héroe mexicano olvidado en la historia.

Mirando de nuevo su reloj, esperaba que hubiera salido bien el discurso del licenciado Villarreal para que estuviera de humor generoso, y con ganas de ayudarla.

Un hombre caminaba hacia ella, atravesando la plazuela. Estaba vestido de traje color gris obscuro, con corbata color rojo obscuro. Ella desvió su mirada, como era la costumbre de una señorita decente en México, e inclinó la cabeza como saludo al pasar.

Aún con la cabeza agachada, logró echarle una mirada fugaz y notó su aspecto latino de tez oscura. Bajo sus párpados entrecerrados, siguió con los ojos el elegante paso de su cuerpo compacto. Como si despertara de un sueño, tembló. La invadió un gran calor, y sintió que la recorría desde el cuello hasta las raíces del cabello. Ni siquiera recordaba la última vez que había sido atraída por el mero físico de un hombre.

Cuando lo vio entrar al despacho legal, ella lo supo: era el licenciado Villarreal.

Al escuchar que tocaban a la puerta de su oficina, Ramón Villarreal levantó la vista de su montón de mensajes telefónicos. Su secretaria, Rosa, acompañó a la persona que tenía la cita de la una de la tarde hacia su oficina. Era la pelirroja que había visto en la plazuela.

Su nombre era Leticia Rodríguez Fowler. Después de su divorcio, había recuperado su apellido de soltera y ya usaba el nombre de Leticia Rodríguez. Ramón había conocido a su padre, el cual le había caído bien. Todavía tenía la televisión de color que le había comprado al señor Rodríguez hacía años.

Levantándose, le dio la vuelta al escritorio y extendió la mano, saludándola.

—Soy el licenciado Villarreal, y usted debe ser la señorita Rodríguez. Es un gusto conocerla.

Asintiendo con la cabeza, ella le devolvió el apretón de manos, soltando sus dedos después de apenas tocarlos.

Ofreciéndole una silla, él trató de entablar plática al comentar:

—Conocí a su padre. Era cliente de su tienda y me gustaba hacer negocios con él. Tengo entendido que ahora es usted quien maneja el negocio —retirándose hacia atrás de su escritorio, agregó gravemente—: Por favor, acepte mi más sentido pésame tardío por la pérdida de su familia, señorita Rodríguez.

Ella asintió de nuevo con la cabeza, aún sin hablar, y él percibió su nerviosismo, a pesar de sus intentos de hacerla sentirse cómoda. Sentada en la orilla de su silla, parecía como si estuviera lista para volar en cualquier momento. Tampoco era como él había esperado que fuera. Había oído que era una empresaria dura, y una feminista que no toleraba insensateces.

Quizás no le había gustado la referencia a su pena que había hecho él. Intrigado por su comportamiento extraño, él se sentó y le prestó toda su atención, esperando a que ella hablara, pero cuidadosamente evitando mirarla abiertamente.

Le era difícil no mirarla, meditó él. No sólo su comportamiento era diferente a lo que había esperado, sino que su apariencia era distinta también. Portaba un vestido sencillo, y la tela se marcaba en todos los lugares interesantes.

Era alta y delgada, casi tan alta como él, quizás unos cinco centímetros más baja. Normalmente, no encontraba atractivas a las mujeres delgadas, y muchas veces había analizado la obsesión estadounidense por ellas. Él prefería a las mujeres más voluptuosas. Pero la figura de la señorita Rodríguez desmentía los estereotipos. Su delgadez sólo servía para destacar sus curvas tan femeninas.

—Gracias por sus gentiles palabras respecto a mi familia, licenciado Villarreal —dijo ella, finalmente rompiendo el silencio—. Mi abogada, Mercedes Treviño, habla muy bien de usted. Agradezco que haya tomado el tiempo para verme.

Ahora que la había conocido, no le importaba tomar el tiempo. Cuando había aceptado verla, en un principio, había accedido como favor a Mercedes. Un favor a regañadientes, agregó para sí mismo. Le desagradaban mucho las empresarias feministas. La mayoría de ellas le provocaban dolor de cabeza. Sin embargo, la señorita Rodríguez no le molestaba en lo más mínimo. De hecho, ella agradaba mucho a la vista —demasiado.

Ella traía su largo cabello rojizo enrollado en un moño francés sobre la cabeza, lo que le daba un aspecto profesional sin ser severo. El color de sus ojos era poco usual, se dio cuenta; reflejaba un color ámbar, como ojos de gato. Su boca estaba fruncida, pero la forma de sus labios era generosa. Los contornos de su rostro eran fuertemente formados, con pómulos altos y mentón pronunciado.

Cuando él notó que lo miraba como en espera de que hablara, se sacudió mentalmente. Había estado observándola abiertamente, a pesar de sí mismo.

—Con mucho gusto estoy dispuesto a ayudarle en todo lo que pueda —contestó. Y ruego que me disculpe por haber llegado tarde, pero estaba pronunciando un discurso en el Club Rotario.

—Sí, me dijo su secretaria —dijo, mientras sus labios formaban una ligera sonrisa—. No se disculpe, porque disfruté mi paseo en la plazuela mientras lo estuve esperando.

Él se preguntó qué es lo que había encontrado tan gracioso.

—Muy poca gente local encuentra agradable nuestra plazuela — comentó, en lugar de preguntar.

—A mí me gusta México. Me recuerda mis raíces. Mis abuelos emigraron a los Estados Unidos a principios de los cincuenta —ella hizo una pausa—. A usted le debe gustar México también. Me mencionó Mercedes que usted nació con doble nacionalidad y decidió vivir aquí y ejercer el derecho en México.

Recobrándose de la opinión tan abiertamente expresada por ella, se recordó a sí mismo que debería haber esperado ese comentario. La mayoría de los méxico-estadounidenses moderadamente exitosos daban por hecho que cualquier mexicano cuerdo escogería a los

Estados Unidos en lugar de su propio país. Aun ahora, después de tantos años de cuidadoso entrenamiento para dominar sus emociones, sintió una sensación de resentimiento.

—Yo soy lo que podría llamar un burdo oportunista —su contestación estaba calculada para mostrar su modestia—. Mi madre me trajo al mundo en el hospital de Del Río para que yo pudiera reclamar la doble nacionalidad. Usé esa ventaja para estudiar en su preparatoria y en la Universidad de Texas. A los veintiún años tuve que tomar la decisión. Decidí por México y estudié la carrera de derecho aquí.

Ella asintió con la cabeza como si lo comprendiera, obviamente escapándosele la ironía de su contestación. Podría ser una dura empresaria feminista, pero era totalmente ingenua para otras cosas, decidió él.

—También estudié en la Universidad de Texas —comentó ella—. Desafortunadamente, no terminé la carrera. Cuando mis padres murieron, regresé a casa para manejar la Mueblería Rodríguez.

—Debería terminar la carrera —sus propias palabras lo asombraron. ¿De dónde había salido eso?

Preparado para una dura feminista, la encontró tierna y atractiva; le provocaba reacciones que no eran acostumbradas en él, reacciones casi protectoras.

—Gracias, aprecio su voto de confianza, y algún día lo haré, pero…

—Pero en estos momentos, tiene muchas ocupaciones —terminó la frase por ella.

—Sí, no sólo con la Mueblería Rodríguez, sino con la organización de la cual quería platicar con usted.

Le había sido recomendada por Mercedes, y la recomendación incluía la aceptación por parte de él de hacer el trabajo gratuitamente. Aparte de eso, no tenía conocimiento de la naturaleza del asunto.

—¿En qué puedo servirla?

Sacando dos expedientes amarillos de una mochila de piel, ella los colocó en su regazo, y se lanzó a pronunciar un discurso obviamente ensayado:

—Hace poco más de un año, me di cuenta de una situación terrible. De mujeres divorciadas con menores que no recibían pensión alimenticia alguna de parte de sus exmaridos. La mayoría de las mujeres divorciadas no tienen los recursos para pagar a un abogado para cuidar sus intereses. Después de investigar un poco, aprendí como funciona el sistema, y qué hay que hacer para que se observe la ley y hacer responsables a los padres. Con la ayuda legal de Mercedes, fundé una agencia de voluntarios para ayudar a las mujeres divorciadas. Se llama Abogacía para Pensión Alimenticia, o APA.

Pausando, lo miró, obviamente tratando de ver su reacción.

—Para eso he venido, para conseguir su ayuda con APA.

—¿Y qué quiere que yo haga?

—Hemos recibido quejas de mujeres que creen que sus exmaridos se han mudado a México para evitar el pago de pensión alimenticia a sus hijos. Mercedes pensó que usted podría ayudarme a buscarlos —humedeciéndose los labios, le pidió—: ¿Me podría obsequiar un vaso de agua?

La mirada de él siguió el movimiento rápido de la lengua de ella. Su sensualidad inocente lo afectaba. Tuvo que esforzarse para proponer:

—¿No preferiría otra cosa? Tenemos café y refrescos.

—No, nada más agua, por favor.

No había notado antes que no usaba lápiz labial. Poco usual para una mujer moderna, pero el color rosa de ocaso de sus labios no requería maquillaje.

Levantándose, caminó al rincón de su oficina donde guardaba las bebidas. Tomando un vaso, sacó una jarra de agua del refrigerador portátil y llenó el vaso. Inclinándose ligeramente, se lo entregó a ella.

Ella aceptó el vaso de la mano de él. Sus dedos se tocaron. Esta vez, ella no retiró la mano. Sus dedos se quedaron ahí, con los de ella cubriéndolos. Una descarga eléctrica pasó entre ellos, brincando de las yemas de los dedos de él a las de los de ella.

La mente de él fue invadida por imágenes eróticas, que se apoderaron de él intensamente. Quería tocarla, tomar la mano de ella entre las suyas y recorrer su piel con la lengua, explorando la ternura de cada nudillo.

Pero no lo hizo. Al contrario, retiró su mano y regresó a su silla mientras ella tomaba el agua, sedienta. Él observó el movimiento sensual de sus músculos en la columna delgada de su cuello.

—La felicito mucho por haber fundado APA —dijo, finalmente logrando desviar la mirada—. Debe de lograr muchos beneficios para las mujeres.

Terminando el agua, ella colocó el vaso vacío sobre el escritorio.

—Me agrada pensar que así es —dijo, antes de levantar la voz con gran indignación—. ¿Sabe usted que el ochenta por ciento de padres divorciados en los Estados Unidos no hacen pagos regulares de pensión alimenticia? Es un crimen nacional.

Ella era extraña, de verdad. Una persona a quien le importaba el futuro de la gente menos afortunada que ella. Y, además, tan bella. Al pensar eso, sintió tensión en la entrepierna.

Por Dios, la deseaba. Era tan sencillo como eso. ¿Cuánto tiempo hacía que no había deseado a una mujer, salvo por las necesidades normales de la carne? Respirando hondamente, reprimió sus libidinosos pensamientos. Quizás su lujuria le estaba afectando demasiado, viendo como altruismo lo que podría ser egoísmo de parte de ella.

—Una situación terrible —la compadeció—. ¿Y por qué fundó la organización? ¿Tiene usted hijos de un matrimonio anterior?

Ella levantó la cabeza, y se entrecerraron sus ojos felinos.

La intención de él no había sido hacer referencia a su anterior matrimonio. Simplemente se le había salido.

El suave ronroneo de la unidad de aire acondicionado en la ventana de su oficina retumbaba en sus oídos. Estaba sorprendido de que pese a que el aire acondicionado estuviera funcionando, su frente estaba perlada de sudor. Sacando un pañuelo de seda del bolsillo de su traje, limpió su cara. Pero el repentino relámpago de calor no había provenido de la temperatura del cuarto.

—Sí, estuve casada antes —admitió ella—, pero no tengo hijos. Mi mejor amiga tiene dos hijos. Son mis ahijados. Después del divorcio de mi amiga, su exmarido se mudó y dejó de pagar la pensión alimenticia. Ella no tuvo dinero para un abogado, así que atacamos el problema nosotras mismas. Entre aciertos y fracasos, aprendimos finalmente como funciona el sistema —su voz se llenó de orgullo al agregar—: Y logramos cobrar toda la pensión atrasada, y ahora la recibe de manera constante. Cuando me di cuenta de la magnitud del problema, decidí fundar APA para ayudar a otras mujeres.

Así que se había equivocado. No había ningún egoísmo de parte de ella. Tenía que tener un gran corazón como para molestarse tanto por una amiga y luego extender el servicio a gente totalmente desconocida.

Él estaba totalmente encaprichado con ella y lo reconocía. ¿Adónde se había escondido su pétrea reserva en cuanto a las mujeres? Ella lo había asediado, sin siquiera intentarlo, desmoronando su fortaleza, construida con piedras de determinación, piedra por piedra.

—Yo puedo comprender su necesidad de ayudar a una amiga. Pero fundar una organización como APA, ¿no es poco usual tanto compromiso?

Ella bajó la mirada. Fue el primer gesto coqueto que había hecho desde el comienzo de su encuentro.

—Por eso quiero volver a la escuela. Estudié sociología en la Universidad de Texas. Había esperado… todavía espero —titubeó al tratar de explicar— ayudar a la gente. Mis padres me enseñaron cómo manejar un negocio y hago lo mejor que puedo. Pero mi verdadera vocación es de hacer algo como APA. No encuentro nada extraño en ese tipo de compromiso —su mirada encontró a la de él—. Es lo que quiero hacer.

—Así que ha logrado mezclar su experiencia en los negocios con el deseo de ayudar a los demás —sintió el resurgimiento de sus propios sueños idealistas haciendo eco a la convicción de ella. Era una sensación poderosa, y los vinculaba—. Es un logro tremendo.

Ignorando su cumplido, ella preguntó:

—¿Cómo supo que fui casada antes?

Agarrándolo desprevenido, su pregunta lo hizo sentir como una vieja chismosa. ¿Debería admitir que siempre investigaba a sus clientes para saber todo lo que podía de ellos? No. Parecería demasiado calculador.

Levantando las manos y extendiendo sus dedos en un gesto como para restarle importancia, contestó:

—Del Río y Acuña son pueblos chicos. He vivido aquí toda mi vida, con excepción de cuando salí a estudiar. Su familia es muy conocida en Del Río. Su mueblería es la mejor de por aquí. La gente habla.

—Ojalá que todo el mundo opinara igual respecto a la tienda —forzó una sonrisa y se le suavizó la voz—. Gracias por ser honesto. El chisme es la sangre y vida de cualquier pueblo chico, pero aparentemente no estoy muy conectada. Debo confesar que no sé absolutamente nada de usted, aparte de lo que me ha contado Mercedes.

—¿Y qué le contó? —observando mientras ella titubeaba antes de contestar, se imaginó que había decidido qué contestar antes de hablar.

—Que estaría usted dispuesto a ayudar a mi organización a buscar a los estadounidenses en México —bajó la mirada de nuevo y movió los expedientes en su regazo—sin cobrar honorarios y sin esperar que APA pagara sus servicios.

Las palabras de ella le llegaron como bofetada. Se desvaneció la sensación anterior de acercamiento. Quizás no tuviera el despacho más elegante de Acuña, pero tampoco era el peor. ¿Se veía tan desesperado? Le iba perfectamente bien. ¿No le habría explicado Mercedes que él haría el trabajo sin cobrar?

—No sé si Mercedes le haya contado, pero APA no tiene dinero para pagar —siguió hablando ella. Suspirando, admitió—: Ni dinero, ni voluntarios. A APA siempre le hacen faltas las dos cosas. Espero que comprenda mis circunstancias.

Él se relajó un poco. Sus palabras le habían renovado la confianza. Ella no lo estaba juzgando a él ni a su oficina. Estaba preocupada porque APA no pudiera seguir los casos, y tenía la suficiente honestidad como para admitir que la organización contaba con recursos limitados. Encontró encantadora y refrescante su honestidad.

Para él, la falta de dinero de ella no significaba problema alguno. En el ejercicio del derecho, había ayudado a mucha gente, y le debían muchos favores. Por ella, consideraría cobrar algunos de esos favores.

—Comprendo perfectamente su situación, y creo que puedo ayudar. Primero, ¿ha contactado al consulado estadounidense respecto a los hombres desaparecidos?

—Sí, es lo que me dijo Mercedes que hiciera. Hablé con las exesposas y resulta que están enviando cartas. Hubo dos casos, sin embargo, donde ya habían contactado al consulado sin resultados. He hecho los trámites de investigación en los Estados Unidos, pero los hombres han estado desaparecidos durante más de un año. Le agradecería mucho si pudiera llevar a cabo las mismas investigaciones en su país —se levantó a medias y le entregó los expedientes amarillos.

Cuando él extendió la mano para aceptarlos, se encontró esperando poder tocar su mano de nuevo. No era posible. El ancho de los expedientes impedía que sus dedos se acercaran.

—Haré todo lo que pueda, pero no quiero darle falsas esperanzas. Los estadounidenses muchas veces desaparecen aquí sin dejar huella. México protege la privacidad de cada individuo, no sólo oficialmente, sino a nivel personal también.

Ella agachó la cabeza, mostrando su delicada nuca. Su tez dorada brillaba, un marco perfecto para sus ojos color ámbar. El tenía muchas ganas de acariciar su cuello de cisne, sentir su pulso latiendo fuertemente contra las puntas de sus dedos.

Enderezándose, ella encontró la mirada de él.

—Estaría muy agradecida por cualquier ayuda que me pudiera dar. Conozco suficientemente el campo para saber que no debo esperar demasiado. Los hombres que realmente quieren esconderse pueden desaparecer en los Estados Unidos también. Es triste que sientan la necesidad de abandonar a sus hijos.

Hubo un temblor ligero en su voz al continuar:

—Muchas veces me he preguntado qué piensan los niños, como se sienten. Normalmente, nada más tengo contacto con las madres desesperadas.

Sus palabras atravesaron la dura concha del secreto doloroso de él. Los niños, había preguntado ella, ¿qué sentían los niños? Él, que había sido abandonado y dejado sin padre, sabía lo que sentían.

Y había intentado olvidarlo.

Perdido en sus propios pensamientos, de repente se dio cuenta que ella se había levantado de su silla y estaba murmurando algo respecto a que le había quitado mucho tiempo y que debería irse.

Impulsivamente, él se levantó y dio la vuelta al escritorio. No quería que se fuera. Por primera vez en muchos años, quería pasar tiempo con otro ser humano, con una mujer. Estaba ansioso de escuchar su plática, de observar sus expresiones, y de tocarla.

—¿Aceptaría usted cenar conmigo esta noche? —preguntó él.

Levantando su mochila, ella se paró al lado de la silla, parándose derecha y muy quieta. Como al principio, él sintió la tensión en ella.

—Agradezco la invitación, licenciado Villarreal. Pero…

—Sería un gran honor para mí, señorita Rodríguez.

—Su invitación no tiene nada que ver con mi asunto, ¿verdad? —caminando hacia la puerta, puso la mano sobre la manija. Antes de que él pudiera contestar, ella dijo secamente: —Yo no acepto invitaciones a cenar de parte de ningún hombre casado.

CAPÍTULO DOS

Leticia se enfrentó a Ramón, tratando de mantener la calma, sin querer tampoco ponerlo en contra suya. Su primera reacción ante su inesperada invitación había sido de asombro y repugnancia. Desafortunadamente, ella necesitaba su ayuda profesional, pero no lo suficiente como para arriesgar su moralidad.

—Dijo usted que no sabía absolutamente nada respecto a mí —la grave voz de él retumbó en la pequeña oficina.

—Sabré muy poco, pero Mercedes sí mencionó que era casado.

Sentándose sobre la orilla de su escritorio, él se cruzó de brazos.

—Así que considera sórdida mi invitación.

—No dije eso… pero si es casado. ¿Qué otra cosa puedo pensar?

—Debería saber de qué está hablando antes de acusar a la gente.

—¿Qué quiere decir con eso?

—Ya no soy casado, dado que me divorcié el año pasado.

—Perdón. No sabía… —dejó desvanecer sus palabras. ¿Estaría diciendo la verdad? ¿Podría creerle?

—No me cree, ¿verdad? —en su tono de voz se notó su asombro—. ¿Y para qué le mentiría?

—Porque… —ella se detuvo de nuevo, sintiendo que le quemaba la cara de vergüenza. Era demasiado. Apenas conocía a este hombre, y no tenía ganas de discutir con él.

—Porque Mercedes le dijo que era casado —él terminó la frase por ella—, y usted cree que soy un viejo lobo libidinoso.

Ante el sucinto resumen de sus sentimientos, ella se sonrojó más. Admitió:

—Mercedes no tiene razón alguna para mentirme.

Una mirada extraña pasó por la cara de él y luego desapareció. Abrió la boca, luego sacudió la cabeza, obviamente cambiando de opinión.

—¿Pero yo sí tengo alguna razón para mentirle?

—Si no intenta engañarme, entonces se está haciendo el tonto.

Frunciendo el entrecejo, él se levantó del escritorio y regresó al otro lado del mismo, donde buscó entre el montón de recados telefónicos. Su reacción la sorprendió.

Después de varios momentos de esperar una respuesta, ella se sintió incómoda, como si ya la hubiera despedido. Esperando no haberlo puesto en contra suya por completo y sintiéndose algo desilusionada por su silencio, declaró:

—Creo que debo irme. Puede contactar a Mercedes para darle los resultados. Pero quiero agradecerle de nuevo por su ayuda.

Finalmente, él dejó de arreglar los papeles de recados y levantó la vista.

—No se vaya. Quiero ser honesto con usted porque parece ser una persona sincera. Yo soy *divorciado* —dijo, con énfasis en la última palabra—. Mercedes y yo nos conocemos nada más por negocios, y ella no sabe todo respecto a mí.

Leticia asintió con la cabeza, prefiriendo no caer en una discusión.

La mirada de él descansó sobre ella. Entrecerró los ojos, como si estuviera analizando su reacción.

—Para contestarle de la manera más directa posible, me llevó cuatro años obtener mi divorcio. Estas cosas son más lentas en México que en los Estados Unidos.

Mercedes sabía que yo estaba en proceso de divorcio, pero no le dije cuando por fin me fue concedido —sacudió de nuevo la cabeza—. No acostumbro discutir mi vida privada.

—Por favor, deténgase —ella levantó la mano—. Discúlpeme si no le creí. Simplemente fue un mal entendido. No quiero angustiarlo.

Dando la vuelta al escritorio, él se le acercó. Parándose a unos centímetros de ella, estaba tan cerca que ella podía sentir el calor de su cuerpo. El corazón de Leticia palpitó violentamente y su piel se ruborizó.

Inclinándose hacia adelante, él le preguntó exigentemente:

—¿No? ¿No me quiso angustiar? Estaba horrorizada de que yo, un hombre casado, la invitara a salir. Pero cuando le dije que era divorciado, no me creyó.

Abruptamente, se alejó de ella, y se recargó contra el escritorio de nuevo. Ella fue inundada por una sensación de alivio, y ya pudo respirar de manera normal.

Sin esperar una respuesta, él dijo:

—Quiero cenar con usted. Más allá de eso, creo que lo justo es advertirle, no tengo ninguna intención seria. No pienso volver a casarme —torció un lado de su boca—. Un intento de lograr la felicidad conyugal fue más que suficiente para mí.

—Oh —jadeó Leticia, sintiendo el rubor de la humillación brotando en su cara. ¡Pero qué arrogante! ¡Acusarla de querer algo serio con él! Ése no había sido su motivo para dudar de él.

¿O sí?

Si ella hubiera llegado a querer algo serio con él, entonces él ya le habría quitado las ganas definitivamente. Detrás de su antifaz de servicial y profesional, tenía otra personalidad. Era insoportable, engreído y arrogante, como la mayoría de los hombres.

—A mí me abandonó mi esposa, señorita Rodríguez, después del nacimiento de nuestro único bebé, un hijo prematuro. Ella prefería su carrera a nuestro matrimonio.

Su repentina confesión apagó el resentimiento de ella tan rápidamente como había surgido. No era engreído y arrogante. Lo habían lastimado.

Debe haber amado mucho a su esposa, se formó el pensamiento en la mente de ella. Y con ese pensamiento, sintió una punzada de envidia mezclada con compasión: él había amado a una mujer, nada más para salir lastimado. Ella sabía lo doloroso que era amar y no ser amada.

Instintivamente, ella caminó hacia adelante y extendió la mano, queriendo tocarlo para consolarlo. Él se alejó, murmurando:

—No quiero su lástima, señorita Rodríguez, sino su comprensión.

Sintiéndose tanto ridícula como rechazada, ella dejó caer su mano.

—Lo siento, no fue mi intención… —no supo como terminar la frase.

—Creo en su sinceridad, o no se lo habría contado. Por eso la invité a salir. La encuentro refrescante y encantadora. Había esperado poder llegar a conocerla mejor. Ahora veo que fue mala idea.

Ella empezó a protestar de nuevo, para asegurarle que su invitación no había sido mala idea. Pero algo la detuvo. Algún instinto le advertía que él era peligroso.

Desde su divorcio de Gary, no había salido con nadie. No había querido salir con nadie. No hubo nadie que le hubiera interesado. Pero este hombre le interesaba, más de lo que quisiera admitir.

Parada tan cerca de él, se dio cuenta de que, aunque fuera nada más un poco más alto que ella, su cuerpo compacto emanaba masculinidad… cruda y primitiva. No era exactamente guapo, pero sus facciones fuertes eran atractivas. Lo que más le llegaba eran sus ojos. Hundidos e inteligentes, la afectaban, penetrando mucho más allá de la superficie, tomándole la medida.

Sexo.

La palabra apareció en la mente de ella. Él era la personificación de la sensualidad. Sus ojos sugerían una intimidad animal que ella sólo podía imaginar. Un escalofrío corrió por su columna. Su intensidad la asustaba. Jamás podría ser pareja de este hombre, y no quería enfrentarse con la desilusión de él al conocerla bien. Su femineidad despedazada no podría soportar otro fracaso.

Al mismo tiempo, estaba asombrada de que él se hubiera abierto de esta manera con ella, que para él era prácticamente una desconocida. Había mostrado su vulnerabilidad. Pocos hombres eran capaces de hacer eso. Dándose cuenta de lo que tenía que haberle costado hacer tal confesión, ella sintió la necesidad de disculparse.

—No fue tan mala idea. Yo no debería haber sacado la conclusión equivocada. Siento mucho haberlo ofendido.

—No siga disculpándose, por favor.

Ella, de verdad, ya sonaba redundante. ¿No era así? ¿Cómo podía salir con gracia?

Sorprendiéndose ella misma, ofreció:

—Quizás en otra ocasión —dándose cuenta que había dicho lo incorrecto, asintió con la cabeza y salió rápidamente de la oficina.

—He conocido a alguien —le admitió Leticia a su mejor amiga, Jennifer Endicott.

Sin levantar la vista de los monitores con luces rojas en el NordicTrac, esperó la reacción de su amiga.

Jennifer dejó de pedalear en la bicicleta de ejercicio.

—¿A poco? ¡Qué maravilloso! ¿Quién es? ¿Lo conozco yo?

—No creo. Se llama Ramón Villarreal. Es abogado y vive en Acuña.

—Así que te has enamorado de unos de esos tipos latinos con mucha labia —bromeó Jennifer—. Me imagino que son tus raíces que están atrayéndote.

Leticia sabía que su amiga estaba gozando esto. Jennifer le había estado insistiendo durante meses en que empezara a salir de nuevo, pero ella no quería que su discusión degenerara en chisme de niñas. Había agonizado durante días tratando de decidir si le decía a Jennifer lo de Ramón.

Finalmente, se dio cuenta de que tenía que confiar en alguien, y Jennifer era su mejor amiga. Aún así, no estaba segura de por qué sentía la necesidad de confiar en alguien. Probablemente porque esperaba que Jennifer estuviera de acuerdo con su decisión y calmara sus dudas.

—Primero, no me he enamorado. Simplemente dije que he conocido a alguien que me interesa —replicó.

—Está bien. Entonces no estás totalmente enamorada de él todavía, pero este abogado tiene posibilidades. ¿Correcto? Nada más me da gusto que hayas vuelto a vivir.

Una de las cualidades que Leticia más apreciaba en Jennifer era su ligereza natural y su actitud positiva. Cuando Leticia la había ayudado a recuperar la pensión alimenticia de su exmarido, Jennifer jamás había tenido duda alguna respecto a los resultados. Aun durante los momentos más difíciles cuando ella y sus hijos se habían mudado a la casa de Leticia porque no podían pagar una renta, Jennifer había permanecido esperanzada, sabiendo que saldrían adelante. Los acontecimientos le habían dado la razón. Leticia quisiera poseer más de la fe natural de Jennifer en el mundo.

Pero había otros momentos, como hoy, cuando esa actitud de sangre ligera le afectaba los nervios. Quería que Jennifer comprendiera las complicaciones.

—Sí, tiene posibilidades. Yo le intereso a él también, porque me invitó a salir. Pero lo rechacé.

Jennifer dejó de pedalear de nuevo y volteó sobre el asiento para ponerse de cara a Leticia.

—¿Hiciste qué? ¿Por qué?

—De nada te va a servir el ejercicio aeróbico si sigues parándote —la amonestó Leticia.

—Olvídate de mis ejercicios. Si él te interesa, ¿por qué lo rechazaste? Salir una vez con él no iba a hacerte daño. No me canso de decirte que no es saludable ser monja toda la vida.

—No soy monja. Pero no soy una… pues una… tú sabes. Es lo que me asusta de este tipo. Emana sensualidad. Por lo menos… eso es parte.

Jennifer volvió a pedalear, rápidamente al principio, como si estuviera reponiendo el tiempo perdido.

—Ojalá que no me emocionaras para luego decirme que lo rechazaste —bufó.

—¿A ti te emocioné?

—Bueno, quizás fue exageración de mi parte, pero tú sabes que he querido que encontraras a alguien —había petulancia en su voz.

Riéndose, Leticia asintió:

—Lo sé —hizo una breve pausa antes de agregar—, y no te he dicho todo —levantando una mano de la barra del NordicTrac, pidió—: Nada más escúchame hasta el final. Es complicado. ¿De acuerdo?

—De acuerdo. ¿Y por qué siento como si estuvieras jugando conmigo?

—Quizás un poco, Jennifer, nada más para que me escuches.

Echando la cabeza hacia atrás, Jennifer exigió:

—Continúa, por favor.

—Es divorciado —empezó a decirle respecto a la muerte del niño de Ramón y de cómo lo había abandonado su esposa, pero algo la detuvo. Sintió una curiosa sensación de deslealtad si divulgaba esa información.

—¿Y qué? —respondió Jennifer—. Muchos hombres son divorciados. Y por si lo has olvidado, tú también eres divorciada. ¿Por qué es problema eso?

—Porque está muy amargado. Su divorcio no fue agradable.

—¿Para quién ha sido agradable el divorcio? —replicó Jennifer.

—Es más que eso. Me dijo abiertamente que no pensaba volver a casarse. Y me dio una clara impresión de que yo no sería más que una aventurilla —suspirando, admitió—, y no creo que yo soporte eso.

Jennifer se encogió de hombros.

—¿Por qué no? Te podría caer bien.

Ahora le tocaba a Leticia pararse. La caminadora siguió, llevándola por su superficie inclinada, hasta que sus tenis se detuvieron contra la tapa.

—No hablas en serio.

—Hablo en serio.

—No puedo, no después de Gary.

—¿Por qué no? Eso se terminó. Tienes que seguir tu vida.

Su mejor amiga sabía casi todas las atormentadoras circunstancias de su matrimonio y su divorcio, pero había una parte que siempre había sido demasiado humillante contar. Y como una herida abierta, era precisamente esa parte que se negaba a ser olvidada.

Bajando la voz, confesó:

—No es tan fácil. Gary y yo dejamos de... pues tú sabe, de tener relaciones, meses antes de divorciarnos —sentía un nudo en la garganta, y se le quemaban los ojos—. Gary dejó de desearme.

—¿Qué? —Jennifer dejó de pedalear de nuevo. Extendiendo la mano, apretó el hombro de Leticia. Bajando la voz a un susurro, la consoló—. Lo siento mucho. No me dijiste. ¿Por qué no me dijiste?

—Me daba mucha pena admitirlo.

—Leticia —la voz de su amiga estaba ronca por la emoción—, son cosas que pasan cuando los matrimonios se descomponen. No debes tomarlo tan a pecho —haciendo una pausa, admitió— y me imagino que suena ridículo, pero sabes lo que quiero decir. Gary no te merecía y debes olvidarlo. Eres una mujer hermosa, por dentro y por fuera. Gary era un idiota. Las dos sabemos eso. Fue su problema, no tuyo.

Luchando contra las lágrimas, Leticia tragó en seco. Había hecho lo correcto en confiar en Jennifer. Las palabras cálidas de su amiga servían como medicina para su alma. Nada más que quisiera poder creerlas.

De repente, los brazos de Jennifer la rodearon. Incómodamente, trató de devolver el abrazo, pero la caminadora siguió moviéndose sin parar hacia adelante. Al extender la mano para apagar la máquina, dos alarmas sonaron, señalando que su tiempo en las máquinas había terminado.

Se abrazaron y Jennifer repitió:

—Lo de Gary se terminó. Fue un gran error. Tienes que seguir adelante y olvidarlo. Eres una persona maravillosa, una persona generosa. Cualquier hombre sería afortunado en tenerte a su lado.

Asintiendo y con las lágrimas corriendo por su cara, tragó en seco de nuevo:

—Gracias.

—¿Y tratarás de olvidar a Gary…y todo?

—Sí. Trataré.

—Bueno —Jennifer la soltó—. Y si no es este tipo, entonces trata de buscar a otro. ¿De acuerdo?

—Trataré —repitió ella.

—No esperes demasiado.

Un zumbido insistente se metió en la cabeza de Leticia. Se volteó en la cama y jaló la almohada para ponerla sobre su cabeza, pero los niveles de sueño, como las capas de una cebolla, fueron pelándose, uno por uno. El ruido se hizo más claro. Sonaba el teléfono.

Prendiendo la lámpara al lado de su cama, echó un vistazo al reloj digital. Decía: 1:14 a.m. ¿Quién la llamaría a estas horas? ¿Aun el sábado por la noche? Probablemente algún borracho marcando un número equivocado.

Agarró el auricular y lo puso sobre su hombro.

—¿Bueno?

Silencio en el otro lado de la línea, pero ella sabía que había alguien ahí. Podía oír la respiración de la persona. Si se trataba de una llamada obscena o una broma de alguien, se negaba a darle el gusto de reaccionar.

Levantando la mano para colgar el auricular, escuchó una voz que arrastraba las palabras ordenarle:

—No cuelgues.

—¿Quién es?

—John Clay.

—¿John Clay? —preguntó sonando como un eco absurdo. ¿Para qué la llamaría a estas horas?

—Sí. Soy yo. ¡Sorpresa! —rió, pero no suficientemente fuerte para acallar la música fuerte al fondo.

Era el colmo. ¿Qué podría querer de ella?

—Algunos de mis amigos están haciendo una pequeña fiesta. Pensé que quizás quisieras venir. Apenas empezamos. Después de algunas copas, iremos a México para bailar. Podemos desayunar ahí. Estamos en la casa de los Camerón en la calle Hudson.

La calle Hudson era la calle principal de la ruta pintoresca a Acuña, bordeada de mansiones de las viejas familias más ricas de Del Río. Si John Clay creía que ella estaría halagada al ser incluida entre los invitados de alguien de tan alta sociedad, especialmente a estas horas de la madrugada, era aún más arrogante de lo que ella había pensado originalmente.

Desafortunadamente, su solicitud de préstamo en el banco estaba pendiente todavía. John Clay debía su trabajo a la impresionante cantidad de acciones que tenía su familia, que opacaban las que ella tenía. Aunque él jamás lo admitiría, tenía mucha influencia con los otros funcionarios bancarios.

A ella le habría gustado colgarle, pero ante las actuales circunstancias, no creía que fuera prudente. Disimulando, bromeó.

—John Clay, es tarde y no me he sentido bien. Temo que me está dando gripe.

Un largo silencio impenetrable siguió su declaración.

—No te creo —la contradijo, su voz de borracho cambiando de arrastrar las palabras a un agudo chillido—. Tú sabes que te deseo. Sígueme la corriente y tendrás tu préstamo.

La indignación la inundó ante tal injusticia, haciendo que se tensaran todas sus articulaciones. ¿Cómo se atrevía a hacerle tal proposición? ¿Es que eran así de monstruos todos los hombres? Si esto era lo que se tenía que hacer para conseguir un préstamo para un negocio en Del Río, con gusto prescindiría del préstamo.

—No me llames. Voy a colgar y apagar el teléfono.

—Leticia, por favor, nada mas quiero…

Colgando el teléfono con un golpe, lo cortó. Alcanzando la base de la cama desenchufó el teléfono. Como si tratara de burlarse de sus esfuerzos, el otro teléfono sonó desde la cocina.

Poniéndose la bata, caminó descalza hasta la cocina. Su perro salchicha, Schultzy, quien dormía al pie de la cama, se puso de pie de un salto para seguirla. Cuando llegó a la cocina, el teléfono había dejado de sonar, pero lo desenchufó de todos modos.

Traía los nervios de punta, aunque supiera que era ridículo molestarse. John Clay era un arrogante, egoísta… y no lo necesitaba. Se negaba a ser intimidada por él y por su influencia. Iría con un banco en San Antonio y conseguiría el préstamo.

Regresando a su cuarto, se metió en la cama. Schultzy brincó sobre su regazo. Durante un buen rato, ella abrazó su cálido y reconfortante cuerpecito, acariciando su suave piel. El perrito respondía moviéndose felizmente y lamiéndole las manos.

Los hombres eran el meollo de sus problemas, pensó amargamente. Dos proposiciones en una sola semana eran difíciles de tragar. Por lo menos Ramón había parecido diferente. Se había sincerado con ella. Sintiendo que ya se suavizaba respecto a él, detuvo el flujo de pensamientos. Era cierto que había revelado sus circunstancias, pero sólo después de que ella prácticamente forzara una explicación de su parte.

No era mejor que John Clay, concluyó. Nada más algo sutil. Como el término que había usado él mismo: "un lobo vestido de cordero."

La decisión respecto a su solicitud de préstamo llegó temprano el jueves, antes de salir ella para la tienda, anunciada por una secretaria grosera con voz chillona: "Rechazada por falta de garantías."

Logrando despedirse cortésmente, Leticia colgó el teléfono. Apretando los puños fuertemente, caminó por la sala, pues el banco ni siquiera le había ofrecido un préstamo de menor cantidad, garantizado por sus acciones. Nada más porque no había aceptado satisfacer la lujuria de John Clay. Era absurdo y obsceno. A veces, vivir en un pueblo chico, donde todo el mundo sabía demasiado de uno, era bastante fatigante. Recordando las multitudes sin rostro en la universidad en Austin, anhelaba aquel anonimato que le había dado la universidad.

Pero eso había pasado al olvido, se recordó a sí misma.

Tenía que enfrentarse con el ahora y con el futuro.

Mirando alrededor de la gran sala, se dio cuenta de que la casa de sus padres no tenía gravámenes. Su seguro de vida había pagado la hipoteca cuando habían muerto en el accidente. No había pensado en la casa como garantía antes, aunque la hubiera incluido en su estado financiero.

Obviamente, John Clay la había pasado por alto a propósito también. O bien, si le daba el beneficio de la duda, podría haber pensado que ella no aceptaría hipotecar su casa, como no había querido hipotecar la tienda. Y, en realidad, ella tampoco quería hipotecar la casa.

Caminando de lado a lado, con Schultzy siguiendo tras sus talones, consideró sus opciones. ¿Quién podría aconsejarla? Jennifer no tenía cabeza para los negocios. Estaba su otra amiga y abogada, Mercedes. Su padre tenía aún más acciones en el banco que la familia de John Clay.

Rechazando la idea, se negó a volver a mendigar en ese banco. No después de lo que había sucedido entre ella y John Clay. Fue demasiado humillante. Aunque Mercedes no pudiera ayudarla en la ciudad, con los contactos de su padre, quizás pudiera ayudarla con los banqueros en San Antonio. Con esa idea en mente, los ánimos de Leticia subieron.

Levantando el teléfono, llamó a la oficina de Mercedes, esperando que su amiga tuviera una hora libre por la tarde.

Leticia trató de esperar pacientemente la cita con Mercedes, pero era difícil. Todavía estaba furiosa por el trato injusto que había recibido de parte de John Clay y del banco. ¿Y si no podía conseguir los fondos en San Antonio? ¿Qué haría entonces?

Nerviosa, hojeó un ejemplar maltratado de la revista Gente, tratando de pensar en otra cosa que no fueran sus problemas. Los minutos pasaron lentamente. Se hacía tarde, y todavía tenía trabajo por hacer en la tienda. Cuando se le acababa ya la paciencia, se abrió la puerta de la oficina y Mercedes entró. Leticia se puso de pie y se abrazaron.

Soltándola, Mercedes preguntó:

—¿Qué hay tan urgente que me tenías que ver hoy? Sé que no puede ser Villarreal. Te cayó bien, ¿no? Dijo que te iba a ayudar. ¿No lo hizo?

Leticia asintió con la cabeza, tratando de no sonrojarse. Si Mercedes supiera cuánto le había gustado Ramón, su amiga también estaría sonrojándose.

—Sí, el licenciado Villarreal fue buena gente. Me ayudó mucho.

—Yo sabía que lo haría —sonrió Mercedes ampliamente y chasqueó los dedos—. Yo sé por que regresaste. Has decidido reconsiderar mi invitación a cenar.

—No, Mercedes. Por favor, es importante.

—No tan serio, espero —alegó su amiga—. Tú sabes lo que dicen: para quien la vida es trabajo…

—Lo sé —interrumpió Leticia, esperando que su amiga entendiera la indirecta.

No había venido a platicar de insensateces ni a evitar invitaciones a cenar en el Club Campestre San Felipe. Sin hijos y casada con un hombre que viajaba mucho por los negocios de su padre, Mercedes pasaba una cantidad extraordinaria de tiempo en el club.

—Está bien. Primero el negocio, pero luego…

—Tendré que regresar al la mueblería.

Mercedes hizo un gesto con la mano como aceptando, pero Leticia dudaba que se diera por vencida tan fácilmente.

—Entonces vamos a hablar del negocio. Pasa a mi oficina.

—Gracias.

Para el ojo clínico de Leticia, la oficina de Mercedes era el sueño de un decorador. Las paredes estaban forradas en roble, con libreros empotrados en tres de ellas y una ventana del piso al techo detrás del escritorio. Las sillas eran de caoba pesada, estilo Reina Ana. Sus respaldos y asientos estaban tapizados con una tela de algodón cepillado estampado con manojos de bambú. Otros artículos decorativos agregaban al giro oriental, pero el escritorio era la pieza central.

De caoba obscura, la madera del escritorio estaba delicadamente tallada con dragones escamados jugando entre árboles con flores de cerezo en el panel del frente. Era muy hermoso, y siendo una antigüedad tan valiosa, Leticia no podía imaginarse usarlo como escritorio de trabajo. Pero su amiga no parecía preocuparse por eso. Escritos, documentos legales y montones de correspondencia tapaban la madera encerada de la parte superior.

Leticia no pudo más que comparar los muebles tan elegantes y sofisticados de la oficina de Mercedes con la oficina austera de Ramón. Recordando lo que Mercedes le había dicho respecto a los comienzos oscuros de Ramón, sintió surgir en ella una gran admiración por lo que él había logrado, así como por el que hubiera aceptado ayudarla. Pero no estaba siendo del todo justa con su amiga, se dio cuenta. No existiría una APA sin las incontables horas de trabajo que Mercedes había donado a la organización.

Mercedes se deslizó en la silla del escritorio, ofreciendo:

—Toma asiento. ¿Te puedo traer una Coca o algo? Mi secretaria puede traer algo de la cocina.

—No, gracias —respondió Leticia, sentándose.

Alisando los mechones teñidos de su peinado, Mercedes se acomodó en la confortable silla. Un rayo de sol desde la ventana reveló el pesado maquillaje que traía. Vestida en traje de diseñador, lucía sofisticada y glamorosa.

—¿Es personal, de la tienda o de APA? —preguntó Mercedes.

—Es sobre la tienda —contestó.

Echando un vistazo a su reloj, Mercedes observó:

—Sacaste mi última cita del día y se nos hace tarde. Si se trata nada más de la tienda, podríamos discutirlo cenando —trató de nuevo—. Luis está fuera de la ciudad.

—Preferiría no discutirlo en medio de un comedor lleno de gente.

—Está bien. Comprendo. ¿De qué se trata?

—Necesito capital operativo o voy a perder la tienda. Desde la llegada de las cadenas de descuento al pueblo, no he sacado ninguna ganancia. Voy a liquidar mi inventario y buscar un mercado de nicho, de muebles hechos a mano y antigüedades. Pero necesito tiempo para hacer el cambio. Tiempo y dinero.

Los ojos café de su amiga se abrieron ampliamente por la sorpresa y se notó un destello de abierto interés.

—No tenía idea, Leticia. Pobrecita. ¿Realmente están tan mal las cosas?

Haciendo una mueca por dentro, deseó que Mercedes no se saliera por la tangente. No quería su lástima, sino su ayuda.

—Están así de mal —admitió.

—No te preocupes. Hablaré con Papi, y te sacará un préstamo para operaciones del banco.

—Ya intenté eso. El comité de otorgamiento de préstamos me rechazó.

—Entonces ya hiciste eso… —Mercedes se detuvo, alisando de nuevo el cabello. Esta vez, su gesto era espasmódico, como si estuviera agitada—. ¿Por qué no viniste conmigo primero? De veras, Leticia, tú debes de saber que es más difícil cambiar una decisión de un comité que…

—No quiero cambiarla —la cortó—. Quiero ir con otro banco. ¿No tiene contactos tu padre en los bancos de San Antonio? ¿Puedes conseguirme una carta de presentación?

—¿Por qué te rechazaron?

Durante un breve instante, consideró decirle a su amiga todo el cuento sórdido de lo sucedido con John Clay, pero algún instinto la detuvo. Cuando de chismes se trataba, Mercedes, aunque fuera una amiga leal, podía volverse fiera. Era mejor mantener la explicación sencilla y seria.

—Porque me niego a hipotecar la tienda.

—¿Y tus demás bienes no cubrirían el préstamo?

Ella negó con la cabeza, agregando:

—Estuve dispuesta a poner mis acciones del banco como garantía.

—Pero tu casa no tiene hipoteca.

—No quiero ninguna hipoteca. Se supone que se trata de un crédito para operaciones. Lo pagaré de las mismas operaciones.

Extendiendo sus manos sobre el escritorio, Mercedes tamborileó una larga uña color bermellón sobre la superficie brillosa. Observando a su amiga maltratar al hermoso mueble, Leticia hizo una mueca.

—Te conseguiré una carta de presentación de parte de papi, pero no puedo prometerte que tengas resultados. Si el banco local te rechazó, no es muy probable que un banco en San Antonio...

—Correré el riesgo —interrumpió de nuevo y luego se mordió el interior de la boca.

Mercedes estaba tratando de ayudar. ¿Por qué estaba esforzándose en ser grosera? ¿Era porque la actitud de su amiga parecía revelar un aire de superioridad? ¿Como si Leticia hubiera hecho algo a propósito para echar a perder su propio negocio?

—Está bien. Yo redactaré la carta para que la firme papi —asintió Mercedes—. ¿Cuándo la necesitas?

—A la mayor brevedad posible. Se me están acabando los ahorros.

Chasqueando la lengua, Mercedes aventuró:

—Me debes una. ¿Qué tal si cenamos en el club el sábado por la noche?

Tiene que ser terrible sentirse tan sola, pensó Leticia con lástima. Reprimió el sentimiento, dándose cuenta de que, igual que ella, Mercedes no querría su lástima. Deseando aplazar una lastimosamente aburrida noche en el exclusivo club, se disculpó:

—No este sábado. Tengo planes. ¿Qué tal el próximo sábado? ¿Estará de regreso Luis entonces?

—No, no creo —contestó su amiga en voz baja.

—Bueno, entonces tenemos una cita.

—Tendré la carta lista mañana por la tarde —ofreció Mercedes—. Pasa con mi secretaria. Y si no te veo antes, nos vemos el sábado próximo.

Al salir de la oficina, Leticia caminó hacia la luz fuerte del sol y abrió la portezuela del Toyota. Deslizándose tras el volante, hizo una pausa momentánea antes de arrancar el motor.

¿Cómo había llegado a este deprimente estado de cosas? John Clay había arruinado su mejor oportunidad. Mercedes creía que los bancos en San Antonio no ayudarían, y Leticia respetaba la opinión de su amiga. Educada por su poderoso y adinerado padre, Mercedes raras veces se equivocaba en cuestiones de negocios.

CAPÍTULO TRES

Leticia se sentía presionada. En camino al despacho de Mercedes, repasó la lista de cosas que tendría que hacer la próxima semana para poder tomar el tiempo para hacer un viaje a San Antonio a visitar los bancos. Cuanto más pensaba en lo que tenía que hacer, más asuntos recordaba que tenía que arreglar.

Sintiéndose abrumada, se metió en el estacionamiento y apagó el motor. Una vez fuera del coche, siguió adelante, caminando mientras buscaba su agenda en las profundidades de su bolsa. Sin ver por donde caminaba, abrió la puerta exterior y se topó con el pecho de un hombre vestido de traje. Gritando por la sorpresa, se tambaleó hacia atrás.

Una mano fuerte la tomó por el codo, enderezándola. Se encontró mirando a los indescifrables ojos color café obscuro de Ramón Villarreal.

Él fue el primero en hablar.

—Que sorpresa más agradable, señorita Rodríguez —su voz grave acariciaba cada sílaba.

—Ay, discúlpeme, licenciado Villarreal —la sensación de la mano de él reverberaba por ella, mandando pequeños escalofríos a lo largo de su columna. Su sangre se calentaba, fluyendo espesamente por sus venas. Su cara se sentía acalorada, sonrojada. Era demasiado vergonzoso, pensó, agachando la cabeza.

¿Cómo podía un simple roce de la mano provocar reacciones tan fuertes? Nunca había sentido nada igual antes, ni siquiera en los primeros contactos amorosos con su exmarido.

Soltándose, explicó:

—Iba a recoger una carta.

—Y yo ya me iba.

Ella se preguntaba cuál sería el motivo de su visita. Por supuesto que él y Mercedes se conocían. Después de todo, había sido Mercedes quien se la había recomendado a él. ¿Tendría información sobre los hombres desaparecidos en México? Estaba a punto de preguntarle, pero se mordió el interior de la boca, reprimiendo el deseo.

Con el corazón palpitando como un tambor, lo último que quería era hacer plática con él. Le preguntaría a Mercedes más tarde, mentalmente agregando algo más a la lista de cosas por hacer.

Inclinando la cabeza, murmuró:

—Es un placer volverlo a ver.

—El placer es mío.

Elegantemente, él se hizo a un lado.

Libre de su presencia física tan abrumadora, ella entró en la recepción con las piernas temblando. Aun suspirando con alivio, sabía que realmente no estaba libre. Había estado pensando en él desde el momento de conocerlo.

A las seis, su secretaria, Rosa, tocó una vez y se asomó a su oficina.

—Ya me voy, patrón. Que pase un buen fin de semana.

Levantando la cabeza de un escrito que había estado preparando, Ramón sonrió.

—Lo haré. Que pase usted un buen fin de semana también.

Treinta minutos más tarde, oyó un suave toque en la puerta.

—Adelante.

Fernando Sosa entró en el despacho; vestía un impecable traje azul marino hecho a la medida. A pesar de la maestría del sastre, el traje no lograba hacerlo más alto. Sosa era un hombre de baja estatura, delgado, su cuerpo encogido aún más diminuto a causa de sus hombros eternamente encorvados. Su cara, llena de arrugas, era silencioso testimonio de una dura vida de reuniones secretas y campañas interminables. Sin embargo, sus inesperados ojos azules le daban una gran vitalidad juvenil a su cara.

—Licenciado Villarreal, buenas tardes —el hombre mayor se dirigió a él formalmente y agachó la cabeza, revelando su calvicie, apenas oculta por algunos mechones de cabello canoso.

Levantándose por respeto a la edad y la posición de su visitante, Ramón se inclinó también, extendiendo la mano.

—Señor Sosa, mucho gusto. ¿Cómo está usted?

—Muy bien, gracias. ¿Y usted?

—No me puedo quejar. Por favor, siéntese.

Tan pronto se hubieron sentado, Ramón llegó al meollo del asunto.

—Señor Sosa, ¿qué noticias me tiene?

—¿Ya supo que su padre se va a lanzar como candidato a la legislatura?

La noticia atravesó a Ramón como un relámpago. Aun con todos sus contactos en altas esferas, no había escuchado nada al respecto. Durante varios años, Sosa y él habían estado intentando desaforar a su padre biológico, Carlos Hernández, como alcalde de Acuña. A pesar de sus mejores esfuerzos, habían fracasado. La influencia política local de Hernández era inatacable. Sin embargo, muchas veces habían soñado con enfrentarse a él en un campo más balanceado, la política nacional.

—¿Está usted seguro?

—Sí —sonrió Sosa con su media sonrisa enigmática—. Lo anunciará este mes.

Sacudido por la noticia, Ramón brincó de su silla, golpeando su palma abierta con su puño.

—¡Entonces por fin lo tenemos agarrado!

—Paciencia, Ramón. Su padre tiene un poder considerable en el PRI. Todavía no es hora de festejar.

El PRI, las siglas del Partido Revolucionario Institucional, era el partido en poder en México. Había otros partidos políticos en México, el partido socialista y varios partidos de ultra derecha, pero comparados al todopoderoso PRI, no eran más que grupos de disidentes. El PRI ganaba la mayoría de todas las elecciones nacionales y locales. Obtener el apoyo del PRI como candidato era equivalente a ganar. Dentro del partido había numerosas facciones, alineadas con grupos de hombres poderosos y ricos. La lucha verdadera era entre las facciones y sus respectivos candidatos para convertirse en el candidato del partido.

—¿Qué se propone que hagamos, señor Sosa? —preguntó Ramón—. Nunca lo he visto sin tener un plan —se sentó de nuevo en su silla.

—Usted es muy sabio para sus años, Ramón, porque sí tengo un plan. La base del poder de Hernández se encuentra aquí, en el norte, a lo largo de la frontera. Necesitamos un candidato con una base igualmente poderosa de otra parte de México. Hay un joven, un tal Joaquín Cárdenas, que es...

—Por favor, disculpe que lo interrumpa, pero, ¿es pariente de Lázaro Cárdenas, el fundador del PRI?

—Sí. Lázaro Cárdenas fue su tío abuelo.

Ramón respiró profundamente, con regocijo.

—Si podemos conseguirlo a él, sin duda alguna ganaremos la candidatura.

—Espere, Ramón —repitió Sosa la advertencia—. Este Joaquín es un neófito en la política nacional. Si me disculpa la frase gastada, todavía está muy verde.

—Hernández también es neófito en la política nacional —insistió Ramón.

—Sí, pero dentro de la jerarquía establecida, la juventud de Joaquín será un contrapeso a su ilustre apellido. Necesitará toda la ayuda posible de nosotros porque su base de poder está más al sur —Sosa cruzó su mirada con la de Ramón y la sostuvo—. Y ahí es donde entra usted. Quiero que lo apoye con toda su influencia y que sea su jefe de campaña.

Él comprendía lo que Sosa estaba pidiendo. En México un jefe de campaña no es el simplemente un empleado. Un jefe de campaña es el equivalente a un candidato sustituto, un hombre que tiene su propia base de poder y forma una coalición temporal con el candidato para asegurar que éste sea electo. De lograrse el triunfo electoral, el jefe de campaña sería premiado con un nombramiento importante.

—No me interesa un nombramiento oficial para mí mismo, señor Sosa, y usted lo sabe. Yo quiero trabajar tras bambalinas para destruir la carrera política de mi padre.

—Yo comprendo. No hay nada que lo obligue a aceptar la gratitud de Joaquín, pero quiero que lo apoye hasta el final —enfatizando sus palabras, Sosa golpeó el escritorio con su dedo índice—. Aunque no haya logrado superar la fuerza política de su padre aquí, usted tiene la influencia minoritaria más fuerte dentro del PRI en esta región. Con la influencia de Joaquín en Monterrey, ustedes dos tienen una buena posibilidad de ganar la candidatura del partido.

—Me parece un buen plan —murmuró Ramón, reconociendo el sacrificio que se requeriría de su parte para ser jefe de campaña. El trabajo lo consumiría. Su bufete jurídico sufriría. Pero era la primera vez que se le había presentado una oportunidad real para poner a Hernández de rodillas. Él deseaba eso más que la prosperidad de su despacho legal... más que nada en el mundo.

—Vamos a estar a la ofensiva y usar la juventud de Joaquín como ventaja —continuó Sosa, con entusiasmo en la voz—, y dado que usted es un hombre relativamente joven también, Joaquín puede diseñar su campaña como un nuevo comienzo con liderazgo joven y dinámico. Podría resultar en una gran victoria para usted, licenciado, desbancar a su padre.

Poniéndose de pie, Ramón extendió la mano por encima del escritorio y dijo:

—Lo haré. ¿Cuándo voy a verme con Cárdenas? ¿Está enterado él de la proposición de la coalición? ¿Está de acuerdo?

—Joaquín está a favor de cualquier táctica que le gane la candidatura —comentó Sosa secamente. También se puso de pie y estrechó la mano de Ramón, sellando el trato—. He arreglado una junta entre ustedes en Monterrey a finales de la semana que entra. ¿Le parece bien?

Ramón revisó mentalmente su agenda. No tenía audiencias durante la semana, y tenía un cliente en Monterrey que necesitaba su consejo legal. Había estado aplazando el viaje, pero ahora sería un buen momento para combinar las dos juntas.

—Finales de la semana me conviene perfectamente.

—Qué bueno —Sosa le regaló su media sonrisa y giró para caminar hacia la puerta. Ramón dio la vuelta al escritorio, tomándolo del brazo para acompañarlo—. Estaré en contacto con los detalles, licenciado —le aseguró Sosa.

Ya que se había ido Sosa, Ramón volvió a sentarse, pero no podía concentrarse en el escrito que había estado preparando. En lugar de seguir, permaneció sentado frente al escritorio, mirando al espacio durante un largo rato, saboreando la idea de destruir las ambiciones políticas de su padre. Sosa también quería ver vencido a Hernández.

Años antes, cuando el señor Sosa era joven y estaba subiendo en la política, Hernández se había opuesto a él, arruinando sus posibilidades. Desde aquel día, Sosa se había dedicado a trabajar tras bambalinas para lograr sus metas, apoyando y ayudando a otros candidatos con sus ascensos. Se había convertido en un hombre poderoso por derecho propio, pero jamás volvió a intentar ganar ninguna candidatura. Y jamás perdonó a Hernández por arruinar su carrera.

Sosa y él tenían una meta común, aunque sus razones fueran diferentes. Los dos querían destruir a Carlos Hernández.

El teléfono sonaba desde el interior de la casa. Leticia enderezó la espalda y consideró la posibilidad de correr a contestarlo. Los días eran largos ahora, y había decidido usar las horas de sol este viernes por la tarde para trabajar en su jardín.

Sacudiendo las manos contra su pantalón de mezclilla, salió de los arbustos de su jardín delantero, que había estado desherbando. Habiéndose decidido, corrió hacia la puerta principal con Schultzy corriendo alrededor de ella, ladrando con emoción.

Medio esperaba que dejara de sonar el teléfono antes de llegar o que lo contestara su máquina contestadora. Luego se dio cuenta de que no había vuelto a prender la máquina después de apagarla la noche que había llamado John Clay. En el octavo timbrazo, agarró el auricular de la pared de la cocina.

—¿Bueno?

—¿Leticia? —preguntó una voz grave con acento.

Esa voz… la habría reconocido en cualquier parte, era tan sensual como un cuerpo deslizándose entre sábanas de satín. Sus manos se volvieron de repente resbalosas contra el teléfono, y se preguntó si él podría escuchar el fuerte latido de su corazón tamborileando dentro de su pecho. Se limpió el sudor de una de sus manos, cambió el teléfono de mano, y luego se limpió la otra mano sobre la mezclilla que cubría sus piernas.

—Leticia, ¿está ahí? Soy Ramón Villarreal.

Respirando hondamente, forzó las palabras a pesar de la roca que acababa de trabarse en su garganta.

—Sí, estoy aquí.

—Pensé que había marcado el número equivocado. Verla hoy me hizo pensar un poco. Yo sé que comenzamos mal. Quiero volver a empezar. Usted dijo que quizás pudiera reconsiderarlo. ¿Ha pensado si quiere salir conmigo?

¿Que si había pensado en salir con él? Aunque tuviera un millón de cosas que hacer, además de salvar su tienda, se había encontrado pensando en pocas cosas aparte de salir con él. Había titubeado entre el alivio al no haber aceptado su invitación y la autocrítica por ser cobarde. Jamás había esperado que la volviera a invitar, especialmente después de haber sido rechazado por ella, pese a haber sido tan abierto.

Debía tener muchas ganas de verla. La idea la llenó de calor internamente, especialmente entre las piernas.

¡Compórtate, Leticia!, se amonestó a sí misma. Él nada más estaba invitándola a salir, y ella quería darle seguimiento a su investigación para APA. La pura cobardía le había impedido mencionarlo en la oficina de Mercedes. Quizás había manera de combinar el negocio con el placer y mantener su relación platónica.

Por supuesto —una voz dentro de su mente se burló—, *y Santa Claus te traerá una nueva bicicleta en Navidad.*

Pasaron los segundos, y sabía que tenía que decir algo.

—Me da mucho gusto que haya llamado. Quise preguntarle hoy si ha podido avanzar en la investigación, pero tenía mucha prisa —cambió el tema a propósito.

Ahora le tocó a él titubear. Ella sintió su frustración al evadir ella su pregunta.

—Nada todavía, pero espero tener noticias a finales de la semana entrante.

Su respuesta había sido tan perfecta, que ella quería gritar. Le daba tiempo para que ella reconsiderara sin sentir presión alguna.

—Entonces, ¿por qué no combinamos los negocios con el placer y salimos a cenar el próximo fin de semana? —así tendría un poco más de una semana para decidir si quería o no salir con él—. ¿Qué le parece?

—Muy bien. Vamos a decir el sábado a las ocho de la noche —ella pensó que había detectado un poco de desilusión en la voz de él. Perversamente, le fascinó la idea de que él habría preferido verla antes.

—Estoy ocupada el sábado —Mercedes la mataría si cancelaba su cita para cenar—. ¿Qué tal el viernes? —se encontró ansiosa de ofrecer una alternativa.

—No puedo. Estaré fuera de la ciudad por cuestiones de negocios hasta tarde el viernes. Supongo que tendremos que esperar a que se presente otra oportunidad.

—Podría tratar de cambiar mi cita del sábado por la noche —dijo, preguntándose donde estaría escondiéndose su cobardía. Realmente quería verlo. Y ella estaba engañándose a sí misma si pensaba que su ansiedad tenía algo que ver con APA.

Con tono cauteloso, él preguntó:

—¿Está dispuesta a cambiar una compromiso previo?

—Nada más se trata de una cena con Mercedes —explicó ella—. Me matará si la cancelo, pero puede ser que podamos cambiar el día.

—Si lo puede cambiar, me daría mucho gusto invitarla a salir el sábado por la noche.

—Entonces, nos vemos el sábado a las ocho. Si hay algún problema, llamaré a su oficina para dejar un mensaje con su secretaria.

—Está bien. Estaré esperando. Usted escoja el lugar.

—¿Qué tal la fonda de Mamá Crosby?

—Excelente idea. Conozco a los propietarios. Con gusto nos prepararán una comida especial.

—Suena fantástico.

—Entonces hasta el próximo sábado.

Colgando el teléfono y mirando alrededor de la familiar cocina, se sentía aturdida. Su renuencia inicial a salir con él se había desvanecido como el rocío bajo el fuerte sol matutino. ¿Por qué había estado tan ansiosa de verlo aunque estaba medio asustada ante el efecto tan devastador que ejercía sobre ella?

Porque era una mujer de los noventa, y quería tenerlo *todo*. Porque quería que la mueblería prosperara para poder regresar a la universidad y seguir la única carrera que soñaba tener. Porque, aun después de un matrimonio horrible, quería una familia. Y porque, a pesar de su encuentro tan desagradable con John Clay, se negaba a creer que todos los hombres fueran monstruos.

Sabía que su deseo de tener tanto en la vida era irracional e ilógico, pero de una manera extraña, pensaba que ya le tocaba. Había sufrido más penas que las que le correspondían. Y aunque reconociera que la vida no era justa, todavía tenía esperanzas y sueños.

Aunque quería una familia desesperadamente, no volvería a cometer el mismo error de casarse con un hombre nada más para llenar el vacío que había en su vida. Había aprendido por las malas que la relación entre marido y mujer era la base, lo más importante para formar una familia. Necesitaba encontrar a un hombre muy especial, uno que la amara por ella misma, incondicionalmente.

Desafortunadamente, Ramón Villarreal no era ese hombre. Él había dejado perfectamente claro que no pensaba volver a casarse. Lo que la atraía de él no tenía nada que ver con para-siempres ni con compromisos. Se trataba de atracción pura y concentrada... atracción sexual. Y eso no era lo que ella quería ni lo que necesitaba.

Entonces, ¿por qué había aceptado su invitación? Sus pensamientos giraron en círculo, sin llegarla a ninguna conclusión. ¿Porque era el primer hombre que había encontrado atractivo en dos años? ¿Porque ella se sentía vacía y necesitada? ¿Porque lo que sus ojos penetrantes prometían llenaría un doloroso vacío en ella, aunque comprendiera las consecuencias?

Probablemente por todo eso y algo más que ella no lograba comprender por completo. Salir con él, sabía ella, sería como jugar con fuego. Pero el fuego era demasiado brillante, llamándola, atrayéndola, tentándola.

Ella nada más esperaba no chamuscarse

La fonda de Mamá Crosby seguía exactamente como la recordaba. Mesas de madera obscura cubiertas con manteles de lino blanco. Una brisa desde el patio pasaba por puertas las francesas abiertas que abarcaban toda una pared del restaurante, y conducían a un patio lleno con plantas de plátano, buganvillas, y flores de jamaica. Ya había anochecido cuando llegaron, y había velas centelleando sobre las mesas. Un grupo de mariachis paseaba por entre las mesas, tocando baladas folklóricas mexicanas.

Como Ramón había prometido, la familia Crosby les ofreció un surtido espectacular de platillos especiales. Los platillos eran nuevos para Leticia y no se parecían en nada a la comida "texmex" normalmente servida a los turistas.

Su mesero recomendó que comenzaran con un consomé de pollo con coñac, y ensalada verde fortalecida con jamón, manzanas, huevos de codorniz, champiñones, queso y nueces. Como platillo principal, comerían puntas de filete adobadas, con guarnición de verduras y arroz con azafrán. Ramón eligió un cabernet mexicano para acompañar la cena.

Escuchar al mesero y pedir los platillos alivió la tensión inicial. Una vez que fue servido el vino y mientras esperaban la sopa, Leticia pasó un momento de pánico, preguntándose una vez más por qué había aceptado salir con él.

Con la mirada bajada, lo miró de reojo. Era guapo. Vestía informalmente, y el cuello abierto de su playera de colores pasteles apagados mostraba los oscuros vellos rizados sobre su pecho. Las mangas cortas de la playera se pegaban a sus fuertes bíceps.

—Esto es muy agradable —observó él, rompiendo el tenso silencio que vibraba entre ellos—. Me da gusto que lo hayas sugerido. ¿Es de tus restaurantes favoritos?

—Fue de los favoritos de mi familia cuando era chica. Siempre veníamos aquí para celebraciones.

—Entonces te trae recuerdos bonitos la fonda de Mamá Crosby. Está muy bien.

Ella asintió con la cabeza y sonrió.

La mirada de sus profundos ojos color café descansó sobre ella. Había una luz curiosa en ellos, como si estuviera esperando algo. ¿Esperando que ella hiciera plática? ¿Por qué le costaba tanto trabajo hablar con él? No había tenido ningún problema con ello en su oficina. ¿Sería porque ahora había más en juego? ¿Sería porque ella sentía que estaba retando al destino, permitiendo que las circunstancias la llevaran a su antojo? O, ¿estaba esperando demostrarse a sí misma que todavía era deseable?

Si lo deseable que pudiera ser dependía de su habilidad para hacer plática, entonces ya estaba fallando en el intento. Desesperada por decir algo, se apoyó en el tema más seguro: los negocios.

—¿Recibiste alguna información respecto a los dos hombres? Mencionaste que me tenías alguna noticia.

Los amplios labios de él formaron una sonrisa, y ella notó por primera vez que tenía un hoyuelo en la mejilla derecha.

—Me preguntaba cuanto tardarías en pasar a los negocios. —miró su reloj—. Excediste mis cálculos.

Ella sintió el calor de la vergüenza subiéndole del cuello hacia la cara, calentando sus mejillas. ¿Era tan obvia?

—No quise ser grosera, Ramón. Estoy disfrutando tu compañía.

—¿De verdad? —preguntó con voz grave y extendió la mano por encima de la mesa para tomar la de ella—.

Por alguna razón, pienso que te pongo nerviosa. ¿Por qué aceptaste salir conmigo? ¿Por gratitud?

Cuando sus dedos se tocaron, una corriente de placer vibrante se extendió por todo el cuerpo de ella. Se preguntó si él también la sentiría. Intentó no hacer caso a la fuerza cálida de sus dedos envolviendo los suyos al concentrarse en lo que había dicho él. Su brusquedad la había agarrado desprevenida.

—Lo admito, estoy nerviosa. No he salido con nadie desde mi divorcio. Estoy fuera de práctica, eso es todo —logrando una sonrisa, ella sabía que sólo le había dicho parte de la verdad—. Quería cenar contigo —apenas era mentira y posiblemente fuera verdad—, pero también estoy agradecida por tu ayuda.

Él le soltó la mano y se sentó hacia atrás en su silla.

—Me da gusto haber sacado eso a la luz. Ahora podemos olvidar los nervios para disfrutar la noche.

¿Estaban los nervios olvidados? Había tratado de suavizar sus primeros momentos incómodos discutiendo el nerviosismo de ella, pero no había funcionado. Por lo menos, no para ella.

De repente, ella deseó que las circunstancias fueran otras. Le hubiera gustado poder tomarlo en serio. Aparte de su obvio atractivo, a ella le gustaba. Era inteligente y perspicaz, y extraordinariamente abierto para ser hombre.

"Ya cálmate, Leticia", se amonestó en silencio. "¿En qué estás pensando? No dejes que tus emociones rijan tus acciones. No puedes esperar un compromiso de parte de Ramón Villarreal. No es el tipo de hombre con quien puedes formar una familia. Estás aquí sólo porque te atrae físicamente".

Pero si su atracción la había traído a este lugar, entonces, ¿podría llevar a cabo la escena? ¿Era capaz de tener una relación a la ligera? Lo dudaba, y si así fuera el caso, había dado la vuelta para llegar de nuevo a su pregunta original. ¿Por qué estaba aquí? Se daba cuenta de que nada tenía sentido, ni esta cita, ni, claramente, tampoco sus sentimientos. Todo estaba enredado en un confusión desesperada.

El mesero llegó con su sopa y colocó los cubiertos y servilletas perfectamente. A pesar de sus dudas y confusiones, ella se sorprendió al encontrarse sintiéndose más cómoda. Lo abierto que era él había aliviado la tensión que sentía ella al tratar de hacer plática. Desafortunadamente, no había hecho nada para apagar la otra tensión que vibraba entre ellos. La tensión sexual estaba tan espesa que la pudo haber cortado con su cuchillo para mantequilla.

Durante los próximos minutos, los dos enfocaron su atención en la sopa. Cuando Leticia terminó, empujó su tazón a un lado y preguntó:

—¿Cómo estuvo tu semana? Mencionaste que tenías que salir de viaje de negocios. ¿A dónde fuiste?

Había querido preguntar respecto a su familia, pero sabía que a él no le gustaba discutir asuntos personales. Su reserva la confundía. Por un lado, parecía muy abierto en cuanto a sus sentimientos. En cambio, obviamente guardaba silencio en cuanto a su vida privada.

Colocando su cuchara sobre el plato extendido bajo el tazón sopero, se limpió los labios con una servilleta. Tan hermosos labios gruesos, se encontró pensando ella.

—Desafortunadamente, fue una semana bastante ordinaria, aparte del viaje a Monterrey. Tengo un importante cliente industrial allá, pero las juntas fueron de rutina. Me encontré pensando en nuestra cita cuando debería haber estado concentrándome en los escritos legales.

Sonrojándose ante el cumplido, ella se sintió como una colegiala de preparatoria saliendo a su primera cita. Era demasiado encantador, de verdad, demasiado encantador.

—Con cumplidos todo se consigue —murmuró, ocultando sus emociones tras palabras frívolas.

—¿Sí? —la voz grave fluyó sobre ella. Levantando la cabeza, ella cruzó su mirada con la de él. La expresión en los ojos de Ramón ya no era indescifrable. Un franco deseo quemaba ahí. Ella no estaba preparada para esto.

—¿Podrías disculparme un momento? Necesito pasar al tocador —fue un intento patético de cubrir el miedo que se iba acrecentando en ella. Pero en ese momento, fue lo único que se le ocurrió decir.

Él sonrió. Sus dientes blancos brillaban en contraste con su tez oscura. Y ese hoyuelo de él era encantador, como huella de confianza, dentro de su aspecto juvenil. Un lobo vestido de cordero, pensó ella de nuevo.

Levantándose caballerosamente, él respondió:

—Por supuesto —y luego procedió a retirarle la silla.

Ella se dio prisa para llegar al tocador, abrazando su bolsa. Una vez ahí, se dirigió directamente al lavabo y abrió la llave del agua fría. Dejando caer el agua fría sobre sus muñecas para tratar de recobrar la compostura, se miró en el espejo.

¿Podría ser realmente su reflejo? Se había puesto su vestido más seductor. Con escote largo y falda corta, su corte era sencillo, pero el color, un verde esmeralda, destacaba los tonos naturales de su tez y los destellos de cabello rojizo de su cabellera.

Se dio cuenta de que su cara estaba sonrojada todavía, y sus ojos, brillantes. Demasiado brillantes. Bajo el escote de su vestido, observó como su pecho subía y bajaba rápidamente, como si acabara de correr la maratón. Estaba como pez fuera del agua aquí. ¿Por qué había accedido a verlo? ¿Por qué se había puesto un vestido tan escotado?

Cerrando la llave del agua, se secó las manos. Luego trató de ajustar su escote, jalándolo hacia arriba y alisando la tela sobre sus hombros. ¿A quién trataba de engañar? El escote bajaba lentamente a su lugar. Jamás se había sentido tan llena de conflictos en su vida.

¿Es que quería seducirlo? La respuesta era tanto no como sí.

Sí, quería sentirse deseada de nuevo. Hacía mucho tiempo que no se había sentido deseada. Pero no la clase de deseo vacío que había ofrecido John Clay. No. ella quería que el deseo significara algo. Quería que el deseo fuera ...personal... reservado sólo para ella. Si lo único que él podía ofrecer era un desliz intrascendente, a ella no le interesaba en lo más mínimo. Habiendo tomado su decisión, supo lo que tenía que hacer.

Al juntarse con él en la mesa, habían llegado sus ensaladas. Él no había probado la suya. Levantándose de nuevo, retiró la silla para ella una vez más. Sentándose, ella alcanzó su servilleta y dijo:

—Gracias por esperarme.

—No me importó. Tenemos toda la noche.

¿Qué significaba eso? ¿Eso de tener toda la noche? ¿Era su manera sofisticada de hacerle una proposición? Ella se sentía totalmente fuera de su elemento con este hombre. Era tan halagador, tan seguro de sí mismo.

Queriendo volver al tema seguro, dijo:

—No me dijiste si encontraste a los dos hombres que busca APA.

Sentándose hacia atrás en su silla, él jugueteó con su ensalada, arreglando su contenido. Como si la ensalada le llamara mucho la atención, no la miró cuando finalmente admitió:

—Mis contactos localizaron al señor Miller. Está viviendo en San Miguel de Allende, una ciudad con una gran cantidad de residentes estadounidenses, en su mayoría, artistas —sonrió con una media sonrisa medio seca—. ¿Tiene tendencias artísticas el señor Miller?

Leticia devolvió la sonrisa, pensando que eso era lo último que le preguntaría a una exesposa que necesitaba dinero para criar a sus hijos.

—La anterior señora Miller no lo mencionó.

—Me imaginé que no. Probablemente está escondido ahí porque San Miguel es bastante apartado de los centros turísticos, justo en el centro de México, y no cerca de la ciudades principales. Y hay muchos compatriotas para hacer vida social.

—Me parece que tiene sentido. Y, ¿ahora que hacemos?

—Ya le mandé a las autoridades locales para asustarlo. No puedo garantizar nada. Podría simplemente agarrar y largarse a otro lado. No hay convenios de extradición para asuntos civiles como la pensión alimenticia. Deben de existir, pero no hay —levantó una ceja—. Es algo que pienso mencionarle a mi amigo en el gobierno. Me has hecho consciente al respecto —admitió.

La admisión de su nueva concienciación desarmó a Leticia. Ella se encontró creyendo en su sinceridad. Aunque supiera usar sus encantos para adularla, ella intuía que era firme en sus convicciones.

Atraída por el, tentativamente extendió la mano sobre la mesa para descansarla sobre el brazo de él. Su piel era cálida. Sus músculos se tensaron bajo los dedos de ella. Tocarlo le envió ondas de excitante placer por todo el cuerpo. Sorprendida ante su propia audacia, buscaba alguna reacción en la cara de él.

Sus ojos aterciopelados color café se clavaron en los de ella. Lentamente la recorrieron toda, centímetro a centímetro, como la caricia de un amante. Cubriendo la mano de ella, sus dedos hicieron realidad la promesa silenciosa en sus ojos, trazando lentamente un diseño sobre la piel de Leticia. Ella se humedeció los labios secos, imaginando esos dedos recorriendo su piel en lugares más íntimos.

¡*Detente!* La palabra repercutió en su cabeza. No podría dejarse vencer si quería mantenerse firme en su anterior decisión. Por mucho que lo deseara, no podía tenerlo.

Enfocando su atención hacia la ensalada, luchó para calmar los temblores que asediaban su cuerpo.

Respirando hondamente, se concentró en recobrar el hilo de su plática.

—¿Tienes la dirección del señor Miller? Sé que quizás no ayude en nada, pero me gustaría dársela a su exesposa.

Ramón colocó sus cubiertos en forma de cruz sobre su plato y sacó de su bolsillo una hoja de papel.

—Aquí está apuntada. Te avisaré en cuanto las autoridades reporten lo que han indagado.

Ella aceptó el papel doblado. Todavía traía el calor de estar cerca del cuerpo de él. Él levantó su copa de vino a los labios, y ella observó los fuertes músculos en su cuello mientras tragaba el vino. Se preguntó ella cómo se sentiría pasarle la lengua sobre su cálida tez bronceada por el sol, para saborear la esencia salada de su piel. Al simplemente pensarlo, tembló de nuevo.

¿Qué le pasaba? Normalmente era una persona centrada, tomaba decisiones y se apegaba a ellas. Ramón destruía sus propósitos sin ningún esfuerzo.

Ignorando el clamor de su cuerpo, logró decir:

—No hay palabras para agradecerte que hayas encontrado al señor Miller. Como tú dices, puede ser que no se resuelva nada con ello, pero por lo menos él ya sabe que se le puede localizar. Puede cambiar su actitud. ¿Hay noticias del otro hombre, el señor Backus?

Con la boca llena de ensalada, él se limitó a negar con la cabeza.

Ella reparó en sus modales tan perfectos. Como todo un caballero, se levantaba cuando ella se levantaba y sostenía su silla. Y comía al estilo continental, con el tenedor en la mano izquierda y el cuchillo en la derecha.

—Todavía lo estoy buscando. He enviado su nombre y su descripción general tanto a las ciudades principales como a las más pequeñas. Si está escondido en un pueblito, nos puede llevar bastante tiempo encontrarlo. Ojalá que la pista no fuera tan vieja. Habría sido mucho más fácil encontrarlo justo cuando entró en el país.

—Lo sé, pero su esposa no se dio cuenta hasta que habían pasado varios meses.

—Es un negocio bastante difícil, tu APA —las miradas se cruzaron, y ella vio en sus ojos una expresión inconfundible de admiración en sus oscuras profundidades—. Se te tiene que felicitar por tu tenacidad.

Leticia se sonrojó de nuevo. Si iba a aguantar toda la noche, tendría que desensibilizarse ante su adulación. Pero se dio cuenta de que este comentario era más que adulación. Era... personal, reconociendo el compromiso de ella, y no su atractivo sensual. Se sentía bonito ser halagada por un hombre, en especial este hombre.

—No es nada. Me gusta lo que hago —dijo serenamente.

Empujando la mitad de su ensalada que no terminó a un lado, ella se dio el lujo de recorrerlo a él con la vista. Discretamente, vio como se tensaban y se relajaban los músculos de sus brazos mientras él terminaba de comer. Su mente, divagando, fantaseó sobre cómo se sentiría estar abrazada entre sus fuertes brazos.

Mirando en dirección de la media ensalada de ella, él comentó:

—Espero que te haya gustado.

—Sí, estuvo deliciosa, pero quiero dejar lugar para el platillo principal.

—¿No vas a volver a preguntarme sobre los negocios? Seguramente hay algo más que podemos platicar aparte de APA.

Ella se rió.

—Dijiste que teníamos toda la noche —aun mientras repetía sus palabras provocativas, sintió que ardía su cara. Esta vez, no le importó. Se sentía muy bien ser admirada, ser deseada.

Poco a poco, sintió que su anterior decisión perdía fuerza.

Desde que tenía uso de razón, ella había vivido la vida para complacer a los demás. ¿No era hora de complacerse a sí misma? Ella deseaba a este hombre tanto que le dolía. ¿Y qué pasaría si la lastimaba? Ya era bastante grandecita. Él había sido honesto con ella y había explicado su postura. Ella sabía exactamente en dónde estaba metiéndose.

Él la observó durante un momento por debajo de sus pestañas. Debió haberse fijado en lo sonrojada que ella estaba, y estaba simplemente respetando sus sentimientos, porque no se aprovechó del doble sentido.

En cambio, habló de asuntos triviales: el clima caluroso, la nueva obra que estaba montando el grupo de teatro de la comunidad de Del Río, su pasión por las charreadas, y un caso interesante que iría a defender en la ciudad de Acuña la próxima semana. Ella trataba de escuchar atentamente, pero su mente divagaba. Llegó el mesero y volvió a llenar sus copas. Se llevó las ensaladas y dejó los platos principales en su lugar.

¿Quería tener un romance con él, o no? Era como si volviera a empezar de la nada, de momento a momento. Volteando hacia su cena, ella se preguntó si podría comer. Tenía suficientes dudas en su interior como para impedir que cupiera nada más dentro de ella. No era correcto sentirse así. Tan llena de conflictos e indecisa, casi aterrorizada por sus sentimientos.

Tomó un sorbito de vino, esperando que le calmara los nervios. Empujando las puntas de filete sobre su plato, tentativamente probó un bocado. Esforzándose en comer lentamente, meditó. El calor y la necesidad estaban ahí, pero después de ser satisfechos, ¿qué? ¿Podría soportar el rechazo? No creía poder hacerlo.

Terminaron su cena, platicando de temas agradables, pero superficiales. Después de usar la fatiga como excusa para rechazar su invitación de ir a bailar, manejaron a la casa de ella en relativo silencio. Él estacionó su Saab en la cochera, y brincó del coche para abrir la puerta de ella. Observando su acción galante, ella deseó que las circunstancias fueran diferentes. Que él quisiera más que una relación sin compromisos.

Había sido un perfecto caballero, y a pesar de sus sentimientos confusos, ella había disfrutado la velada.

Él la acompañó a la veranda y esperó mientras ella buscaba la llave de la casa en su bolsa. Al encontrarla, volteó hacia la puerta. Sorprendiéndola, él la tomó entre sus brazos y murmuró:

—No sé qué dije o hice, pero quiero ofrecerte una disculpa. No dejes que termine la velada así.

Así que él también había notado la barrera que ella había levantado entre ellos.

Antes de que ella pudiera contestar, los labios de él cubrieron los de ella, quemándola con su urgencia. Su firme boca presionó a la suya, forzando sus labios a separarse. Tentativamente, tocó la punta de su lengua con la de él, para luego moverla por toda su boca, lamiendo, mordisqueando, saboreando y explorando las comisuras de sus labios.

A ella no le costó ningún esfuerzo responder. ¿Cuántas noches solitarias llenas de dudas había pasado soñando en ser deseada por un hombre? Esperando que la abrazaran unos brazos fuertes y la hicieran sentirse segura y deseada. Durante su infeliz matrimonio, se había escapado como podía. Su matrimonio había sido un desierto. Había necesitado tanto, deseado tanto.

Esta noche, sus sueños se había hecho realidad, se habían convertido en carne y hueso. Una realidad más poderosa y seductora que cualquier fantasía que pudiera haber inventado ella. Aun si hubiera querido alejarse, no pudo. Como una línea dibujada en la arena movida por el viento, su resolución fallaba de nuevo.

Acercándose más, ella atrajo la cabeza de él para juntar sus bocas de nuevo, recorriendo con sus dedos las ondas de su grueso cabello color azabache. Sus senos, presionados contra el duro pecho de él, se estremecían y se hinchaban de deseo. Más abajo, podía sentir que un fuego se encendía dentro de ella.

Su beso duró y duró, hasta que se fundieron en un solo ser, separados sólo por su ropa y por aquella intimidad final. Sus lenguas serpentearon y giraron, juntándose y retirándose, tocando y seduciendo. Los labios de él recorrieron el cuello de ella, y ella gimió suavemente en el hombro de él. La necesidad estaba aumentando dentro de ella, como una marea de tormenta embistiendo contra una presa, tratando de liberarse, deseando fluir libremente, para perderse en la locura.

Él levantó la cabeza. Su respiración era entrecortada. La miró con un brillo que sobresalía desde la parte más profunda de sus ojos.

—Quiero volver a verte, y no quiero esperar otra semana.

La débil protesta de ella se cortó cuando él bajó la cabeza de nuevo.

CAPÍTULO CUATRO

Inundándose en el dulce calor de la respuesta de Leticia, él se pegó aún más a ella. Su hombría excitada se levantaba con la rigidez del deseo, frotándose contra la falda de ella. Sus besos siguieron y siguieron, calientes y hambrientos, besos lujuriosos, con las bocas abiertas. Pero él quería más que un beso de buenas noches.

Había admirado el vestido de ella durante toda la noche, especialmente la muestra provocativa de sus senos. Con voluntad propia, sus dedos trazaron perezosos arcos sobre la piel desnuda de su cuello, pasando por la orilla de su clavícula, antes de ir más abajo. Su piel se sentía como de satín, satín vaporoso, agregó mentalmente, cubierto con un ligero brillo de transpiración.

Él también estaba sudando, se dio cuenta, pero no por el bochornoso calor de verano. Era por desear a Leticia. No pudo recordar cuándo había deseado a una mujer como ahora, ni siquiera a su exesposa. Sintiéndose como un joven experimentando la lujuria por primera vez, apenas pudo controlarse. Tuvo que usar cada gota del dominio de sí mismo para no levantarla entre sus brazos y llevarla a una recámara dentro de la casa.

Eso no sería prudente, se dio cuenta con lo último que le quedaba de sentido común. Ella había estado tan nerviosa como una potranca toda la noche. No quería asustarla, pero tampoco podía dejar de tocarla.

Su mano tocó el suave monte de su seno, terso y redondeado, tan perfecto y abultado. Bajando un poco la mano, encontró y rozó su pezón con el pulgar. Éste respondió inmediatamente, hinchándose y arrugándose, endureciéndose con su propia necesidad.

Jadeando contra su boca abierta, Leticia levantó las manos para colocarlas contra el pecho de él y empujó. Apartando sus labios de los de él, susurró contra su pecho:

—No debemos, Ramón.

—¿Por qué no? —dijo con voz enronquecida. Estaba sufriendo, y lo reconoció. Era pura tortura desearla tanto, queriendo verla postrada desnuda ante él, con su larga y rojiza cabellera suelta, como una suave flama contra la almohada.

Ella ya se alejaba, retirándose unos cuantos pasos, jalando el talle de su vestido con movimientos inseguros. Obviamente estaba avergonzada por la fuerza de la pasión de él y el hambre de su propia respuesta.

—No estoy preparada para esto, Ramón —murmuró.

—¿No estás preparada? —dijo como eco de las palabras de ella—. No te conoces. Estás preparada.

—Puede ser que mi cuerpo sí —admitió ella—, pero no sé si lo demás lo esté.

—No te voy a lastimar, Leticia. Puedes confiar en mí. Los dos somos grandecitos, los dos divorciados. Nos atraemos uno al otro. Por lo menos, tú me atraes a mí, y pensé que tú…

—Me atraes —asintió ella, casi demasiado aprisa—. No es eso —levantando la vista, encontró la de él—. No sé cómo me puedes prometer no lastimarme.

De repente se dio cuenta él de lo que se trataba. Cuando en su oficina le había dicho que no lo tomara en serio, no había esperado que tuviera tanto impacto sobre ella. La gente salía junta, y luego se separaba, disfrutando la relación por lo que ofreciera. No todo el mundo se enamoraba y vivía felizmente el resto de sus vidas. Ella no podría esperar eso. ¿O sí? Apenas se habían conocido.

—Si la única manera de no lastimarte es que te proponga matrimonio después de la primera vez que nos tratamos, entonces supongo que tienes razón: no puedo prometer que no te voy a lastimar.

Ella retrocedió como si la hubieran abofeteado, y su cabeza se hizo hacia atrás. Se le tensaron los brazos, poniéndose tiesos a sus costados, y sus manos hicieron puños. Durante un momento, él pensó que ella sería la que lo abofetearía a él.

—Yo no estoy tan desesperada, licenciado Villarreal, aunque usted no lo crea —su voz era baja y dura, llevando un tono inconfundible de dolor. Volteando, agarró sus llaves y se acercó a la puerta. Sin mirarlo, siguió— yo no sé si estoy dispuesta a tener una relación a la ligera.

Acercándosele por detrás, colocó su mano sobre la de ella y la ayudó a abrir la puerta.

—No habría nada a la ligera en una relación entre tú y yo, Leticia. Te lo puedo asegurar.

—No es eso lo que quise decir, y tú lo sabes —su voz era acusadora.

—No puedes impedir que quiera verte. De ser necesario, seré todo un caballero. No esperaré más de ti que lo que estés dispuesta a dar.

—Ay, Ramón —suspiró, volteando entre sus brazos.

Él bajó la cabeza y volvió a encontrar su boca, tomando las cosas con más calma esta vez, saboreando la suave y húmeda piel de sus labios, trazando besos de mariposa a lo largo de su cuello, parando justo en su garganta. Ella se derritió contra él, enredando las manos entre su cabello y devolviendo sus besos.

Después de unos momentos, él suavemente rompió el contacto y la sostuvo tiernamente en su abrazo. Pudo discernir el latido del corazón de ella, palpitando al ritmo del suyo propio, paso por paso.

—¿Cuándo volveré a verte? Por favor, di que mañana por la noche —le insistió.

—Mañana no puedo. Tengo que salir el lunes por la mañana para San Antonio. Tengo citas de negocios para mi mueblería.

—¿Cuánto tiempo estarás fuera?

—Probablemente dos días.

—Entonces te veré el miércoles por la noche. Me imagino que estarás cansada el martes.

—Ramón, normalmente no salgo entre semana.

—Haz una excepción en mi caso.

Ella levantó la mano para trazar la mejilla de él con las yemas de los dedos; su exploración era casi tentativa. Su mirada encontró la de él; sus ojos felinos color ámbar brillaban en la sombra de la media luz.

—¿Realmente tienes tantas ganas de verme? —preguntó con una nota de desconfianza en la voz.

—Por supuesto que sí —dijo él, apretando sus brazos alrededor de ella—. El miércoles es cuando monto mi caballo de charreadas. ¿Puedes salir temprano de la tienda? ¿Quieres verme montar? Puedo sacar un caballo para ti también, si quieres.

—Trataré de salir temprano, pero será un poco difícil después de ausentarme durante dos días —analizaba ella—. Jamás he visto el jineteo de charreada, aparte de en los desfiles. Se que me gustaría verte montar. No estoy tan segura de montar a caballo yo misma.

—Como tú quieras, Leticia. ¿Puedo pasar por ti a las cuatro?

Ella sonrió entonces, una amplia sonrisa que encendió el ámbar de sus ojos.

—Con gusto te esperaré a las cuatro —rozando su mejilla con un beso, murmuró—, buenas noches.

La puerta principal se cerró tras ella. Él caminó a su Saab y se subió al auto. Durante unos momentos, se sentó ahí, mirando en dirección a la casa a través del parabrisas. Había prometido tomar las cosas con calma, sin pedir más de lo que ella estaba dispuesta a dar. Y era un hombre de palabra. Arrancando el motor, se preguntó si podría cumplir su promesa.

Leticia miró, fascinada, mientras Ramón guió al caballo bayo por todos sus pasos. Primero, habían dado la vuelta al corral, mientras el caballo levantaba las patas como si marchara, recordándole el paso de baile de un semental Lipizano.

Luego, Ramón impulsó al caballo hacia el centro del corral. Una vez ahí, lo hizo caminar hacia atrás lentamente; el caballo erguía la cabeza y se deslizaba hacia atrás. Luego paró al caballo y lo impulsó a hacer un paso lateral, con una pata cruzando la otra y con sus dos piernas traseras juntas, brincando.

Fue todo un espectáculo. Pero por impresionante que fuera el bayo, ella no pudo quitar la vista de Ramón. Si era atractivo en un traje o en ropa deportiva, a caballo parecía casi como un dios, un centauro de la mitología griega.

Traía una camisa de mezclilla, arremangada hasta arriba de los codos. Sus bíceps musculosos estiraban la tela, tensándose y relajándose mientras controlaba las riendas. Dentro de un pantalón de mezclilla apretado y descolorido, sus fuertes muslos dirigían al semental con un tensar y relajar de los músculos que apenas se veía. Sus pies, ocultos por los elegantemente tallados estribos de piel, traían unas rasgadas botas de vaquero.

Ella jamás se había sentido atraída por los vaqueros, pero al ver a Ramón sobre su caballo, moviéndose al ritmo marcado por el caballo, era algo como un poema en movimiento. Su corazón golpeaba con un ritmo sincronizado con los pasos de sus patas.

Parando al bayo, él levantó la mirada, y mirándola directamente a los ojos, meneó la mano para saludarla. Devolviendo su saludo, ella se sorprendió al ver que él lanzó el caballo hacia adelante. El bayo explotó en movimiento, corriendo hacia la reja que estaba directamente delante de ella.

Segura que iban a chocar contra el corral, ella jadeó, sin poder respirar. Estaba tanto aterrorizada como hipnotizada por el caballo galopante, que se le venía encima con una velocidad increíble. En el último momento posible, Ramón tiró de las riendas, y el caballo enterró las patas traseras en la tierra, casi encabritándose para pararse.

Cuando desapareció el polvo, guió al semental hacia adelante unos pasos, hasta que la cabeza del caballo se asomó por la reja. Sonriendo para ella, dijo:

—Observa esto.

Enterrando sus tacones, hizo que el caballo diera unos pasos hacia atrás. Apretando las rodillas, se inclinó hacia adelante. El caballo se levantó sobre sus dos patas traseras, encabritándose y moviendo las patas delanteras en el aire, bailando de lado, apoyándose sólo en las piernas traseras.

Observándolos, ella se dio cuenta de que estaba conteniendo la respiración de nuevo. La enorme bestia desafiaba la fuerza de gravedad, pareciendo andar de puntillas alrededor del corral en dos patas como si bailara. Ramón se aferró al lomo del caballo con facilidad, con su espalda perfectamente derecha y sus manos enguantadas sosteniendo ligeramente las riendas.

Después de lo que pareció una eternidad, bajó al bayo y lo pasó a lo largo de la reja de nuevo.

Enlazando las riendas con naturalidad sobre el cabezal de la silla, se sentó hacia atrás en la silla, se quitó sus guantes de piel y los metió en su bolsillo trasero. Luego entrelazó sus dedos, estirando sus brazos, palmas para afuera, hasta hacer crujir los nudillos.

Mirando sus fuertes manos encallecidas, ella sintió un temblor que corrió por todos sus nervios. Recordó como sus dedos habían acariciado su cuello y más abajo. Sus senos lo recordaron también, hinchándose de deseo, tensándose casi dolorosamente, frotándose contra su sostén. Secretamente avergonzada, levantó los brazos y los cruzó sobre su pecho.

Relajándose sobre su montura, él explicó:

—Ésas son algunas de las clásicas maniobras de los charros, o trucos, si prefieres. Sin embargo, ser charro involucra más que la forma de montar, abarca todos los eventos de una charreada: amaestrar caballos salvajes, montar toros, lazar becerros, y otros eventos.

—En mi juventud —sonrió bromeando, revelando su hoyuelo juvenil—, hacía todo eso. Ahora me limito al desfile al comienzo de la charreada, y algo de las maniobras de la montada durante el intermedio. No hago trucos con los lazos. No tengo tiempo para practicar el lazo y además darle ejercicio a Bailador —acarició el cuello del caballo, y el caballo bufó, irguiendo la cabeza, tirando de las riendas.

—Jamás he ido a una charreada —admitió ella—. Los únicos charros que he visto han estado en desfiles, donde los jinetes marchan vestidos de piel adornada con plata.

—Tendremos que solucionar eso. Espera que nos veas vestidos con lo más fino —dijo, guiñando el ojo—. Somos todo un espectáculo, ¿verdad, viejo amigo? —acarició el cuello del caballo de nuevo—. Y ya es todo por hoy, salvo que quieras ver más.

Observando al caballo sudado, y la camisa de Ramón que estaba manchada de sudor, decidió:

—No, gracias. Fue suficiente.

—¿Cómo te fue en tus juntas de negocio en San Antonio? —preguntó, cambiando el tema—. Espero que hayas tenido éxito.

El hablar de negocios la relajaba. Dejó de cruzar los brazos.

—Moderadamente exitosas, diría yo —sonrió en dirección de él, silenciosamente agradeciendo su interés.

No le había explicado el motivo de su viaje a San Antonio. Realmente no era de su incumbencia. Además, como andaban los chismes, seguramente estaría enterado de sus problemas en cualquier momento.

Moderadamente exitoso era buena manera de describir el resultado de su visita a varios bancos en San

Antonio. Había sido en el quinto y último banco que por fin había conseguido un préstamo, dejando en garantía sus acciones en el banco local. El funcionario que había aprobado el préstamo se veía ansioso por agregar las acciones de Del Río a su cartera. Pero el banco de San Antonio no se quedaría con sus acciones. Así tuviera que manejar la tienda ella sola, no dejaría de pagar el préstamo.

Aunque el préstamo hubiera terminado siendo de varios miles de dólares menos que lo que necesitaba, ella se las arreglaría para que funcionara, se había dicho a sí misma. Ella sabía buscar la manera de sacarle provecho al dinero.

—Muy bien —respondió él—. Me da gusto que hayas tenido éxito —titubeó, como inseguro de lo que estaba a punto de decir—. Sabes, en cierto modo, te envidio. Tener un negocio y vender un producto es un reto. Tienes que poder analizar el mercado y saber lo que quiere la gente. Un mal paso podría ser desastroso.

La invadió un sentimiento cálido. ¿Cuándo había sido la última vez que alguien la había felicitado por sus conocimientos en los negocios? Probablemente había sido Ramón, aquel primer día en su oficina. Antes de eso, no recordaba cuándo. Su exmarido, aunque disfrutara los frutos de sus labores, se había quejado amargamente por el tiempo que ella pasaba administrando la tienda.

—Gracias, y aprecio tu apoyo —admitió ella—. Pero tú tienes tu propio negocio. ¿No es igual de difícil no saber si te van a llegar los clientes?

—Sí —asintió—, es difícil empezar. Pero lo mío es un servicio, y una vez establecido, las cosas no cambian mucho. Los escritos legales son escritos legales. La gente acaba en los tribunales, y necesitan representación. Tengo que mantenerme actualizado con las nuevas leyes, pero no es lo mismo que lo que tú enfrentas, tratando de mantenerte al tanto de las preferencias del consumidor. No te envidio eso. Eres muy valiente, ¿sabes? —declaró con voz que vibraba de sinceridad.

Derritiéndose por dentro ante sus palabras tan comprensivas y amables, pensó: *Si así es su estilo para seducir a las mujeres, entonces está funcionando.*

No había nada más seductor que el que un hombre atractivo se pusiera en el lugar de ella, comprendiendo lo que le sucedía. Él la inspiraba para soltarse a contarle todos sus problemas, tanto personales como de negocios, mientras ella se acurrucaba contra su ancho pecho y entre sus fuertes brazos.

Pero eso era ridículo, se detuvo a pensar ella. Él había intuido sus necesidades y vulnerabilidades y estaba aprovechándose de ellas. *Un lobo vestido de cordero:* el refrán reverberaba en su mente, recordándole tener precaución.

—¿Tienes hambre? —él interrumpió sus pensamientos—. Déjame desensillar y cepillar a Bailador, si no te importa esperar. Después de terminar, pensé que podríamos ir al Paradero Casino. ¿Has probado alguna vez sus nachos?

—Sí —respondió sin pensar, sin darse cuenta extendiendo la cita—. Son los mejores.

Sonriendo, él le preguntó:

—¿Suficiente grasa para tu gusto? El paraíso del colesterol.

—Sí —se rió ella, admitiéndolo—, son tan horribles que son maravillosos.

—Muy bien. Ahora regreso. Espérame aquí.

Desenlazando las riendas, tiró de la nariz de Bailador hacia arriba y hacia la izquierda, encaminándolo hacia las caballerizas. Apretando sus muslos, impulsó al semental hacia adelante. Observándolo, el corazón de ella se apretó también y luego se aceleró.

Él quería seducirla, lo sabía. ¿Cómo sería? Sus manos encallecidas acariciándola, ofreciendo placer. Sus brazos musculosos abrazándola, protegiéndola. Sus fuertes muslos presionados contra ella, exigiendo sumisión.

Temblando, lo imaginó todo, rindiéndose ante la fantasía sexual.

¿Por qué no se entregaba hoy? Una palabra, un beso, y podría vivir la fantasía. Él sería un maravilloso amante —ella lo intuía—, un amante considerado y generoso. ¿Por que no entregarse? Porque la pasión no era suficiente. Ella era mujer de los noventa, se recordaba, y lo quería todo.

Ramón tendría que entregarse primero.

Si no para amar y vivir feliz para siempre, como lo decía él, entonces tendría que regalarle una parte de él mismo. Ya se había abierto de capa con ella, pero ella deseaba más. Vulnerable y temerosa, dudaba de su propia feminidad. ¿Y si ella no lo podía satisfacer? ¿Y si la chispa de promesa entre ellos saliera falsa?

Leticia esquivó la almohada e hizo una finta. Otra almohada voló a un lado de ella. Ramón se dejó caer sobre un cojín del sofá, y ella se abalanzó, pegando y golpeando. Ramón se rindió ante su ataque, con las manos estiradas, protegiéndose de los golpes y suplicándole piedad a ella.

Se cayeron juntos, rodando por el suelo. Ella por fin respiró, llenando los pulmones, y dándose cuenta de que había estado conteniendo la respiración. Ramón se rió y ella también. Tirada encima de él, se relajó, permitiendo que sus brazos la rodearan, y las puntas de sus dedos suavemente sobaran su espalda. No recordaba cuándo se había divertido tanto.

Después de su cita el miércoles, ella lo había hecho esperar hasta el sábado, usando el exceso de trabajo como pretexto, y ofreciendo prepararle la cena.

Había llegado a la casa de ella llevándole lirios acuáticos, que eran unas de las flores favoritas de ella. Habían asado carne al carbón en el jardín. Ella había preparado una ensalada y había horneado papas para acompañar los bistecs de lomo. Habían platicado y bromeado, mirando el ocaso, manteniendo superficial la plática. Por primera vez, ella estuvo relajada en presencia de él. Lo había invitado a pasar a la casa para tomar una copa después de la cena. De alguna manera habían terminado en una lucha furiosa de almohadas, tirándose cojines del sofá el uno al otro.

Era el hombre más insólito que ella había conocido jamás. Serio y profesional, y al mismo tiempo atlético y juguetón. Su personalidad poseía muchas capas, y su profundidad la intrigaba. Y qué decir de su sensualidad.

Como si él hubiera leído sus pensamientos, la atrajo más cerca y le mordió el oído. Ella gritó en protesta y trató de liberarse, pero sus brazos, como pinzas de acero, la rodearon y la apretaron contra él.

—Eso te pasa por ganarme en la lucha de almohadas —explicó, mordisqueando su oído y luego pasando su lengua por donde había mordisqueado—. Jamás he sido vencido antes.

—Entonces, ya era hora —declaró ella triunfantemente, temblando contra él cuando sintió su lengua tras el oído de ella. Bajando su cara, se acurrucó contra su garganta, devolviendo el mismo trato, girando su lengua entre los abundantes vellos que salían por la abertura de su playera.

Tomándole la cabeza con las dos manos, él le levantó la cara y encontró su boca. Los labios de él eran cálidos y húmedos y se movían sobre los de ella con cuidado infinito, con una ternura demasiado dulce. Ella sabía que él estaba respetando su promesa de nada más tomar lo que ella estaba dispuesta a dar. Perversamente, extrañó su pasión fiera, y anheló ser poseída ardorosamente.

Sus bocas se quedaron juntas, dando y tomando, buscando y entregando. Lentamente, él metió la lengua, pasando por la abertura de sus labios, entrando a su boca, tocando la sensible piel de su interior, frotando su lengua con la suya. La lengua de él entraba y barría, recorriéndole los dientes, acariciando sus encías.

Acostada encima de él, ella pudo sentir su creciente deseo, el bulto firme de su pene contra el muslo de ella. Él se acomodó, lanzándose contra el monte entre sus muslos cubiertos en mezclilla. Necesitándolo, deseándolo, ella arqueó la espalda y se movió contra él, juntándose a sus embestidas.

—Por Dios —gimió él contra su boca abierta—. Te deseo.

—Y yo también te deseo —ella respondió con igual honestidad, saboreando su fuerte pasión, deleitándose ante su franco deseo por ella.

Con los labios y la lengua él le rindió homenaje a su garganta. Lentamente, uno por uno, desabrochó los botones de su blusa hasta revelar su sostén. Con las calientes yemas de los dedos trazó diseños sobre la piel de ella, hacia abajo, y luego tocó por debajo de su sostén, para encontrar sus senos ardientes.

Moviéndose bajo él, ella liberó sus manos y siguió su ejemplo. No había botones en su playera, así que se la sacó del pantalón y movió las manos hacia arriba, peinando los vellos de su pecho con los dedos y tentando sus pectorales. Con la boca presionando el punto de pulso sobre la garganta de él, gozó el olor a musgo de su colonia, mezclado con el olor a puro hombre que él expedía.

Él apretó su pezón izquierdo, y ella sintió un rayo de puro placer, enviando un calor quemante por ella. Ahora él tenía las dos manos sobre sus senos. Logró desabrochar su sostén, liberándolos.

Ella se quedó muy quieta, entregándose al placer, sabiendo que él se detendría en el momento que ella se lo pidiera. Las manos ásperas y encallecidas rodearon sus senos, tirando de sus pezones, para luego suavizar el dolor con una caricia. Sus senos se hincharon del deseo, calentándose, y sus pezones se convirtieron en puntos duros como piedras.

Los dedos de ella recorrieron la espalda y el pecho de él, deleitándose en la sensación de su cuerpo duro y musculoso, peinando sus vellos negros. Su mano rozó accidentalmente uno de sus masculinos pezones, y ahora le tocaba a él quedarse quieto. Dándose cuenta de la reacción que había incitado en él, la aprovechó y trazó círculos alrededor de sus pezones, tirando y pellizcando, frotando y amasando.

Gimiendo contra la garganta de ella, la abandonó por un momento, y medio se levantó y se quitó la camisa por sobre la cabeza.

Mirándolo, se dio un banquete visual con la belleza masculina de su pecho desnudo. Sus pectorales parecían pesados y redondeados, fuertes y poderosos. Su abdomen era plano, cruzado con fuertes músculos, y cubierto con gruesos vellos negros.

Él devolvió su mirada, con los ojos ardientes sobre su pecho desnudo, recorriendo sus senos descubiertos, centímetro a centímetro. Ella retrocedió bajo su examen, repentinamente tímida, queriendo cubrirse. Temiendo que no fuera aceptable.

Como si leyera sus pensamientos, él desvaneció sus inseguridades al murmurar:

—Tan linda, mi preciosa —extendiendo la mano, capturó un mechón de su cabello y lo frotó entre sus dedos, susurrando con algo que parecía ser asombro—. Como seda, seda color de fuego.

Ella había soltado su acostumbrado moño a la francesa y traía el cabello suelto, en rizos sobre sus hombros. No había sabido que él admiraba su cabello. El pensarlo le dio una descarga secreta de placer.

Tomando el mechón de cabello, lo pasó sobre los senos desnudos de ella, como si fuera un pintor pintando un lienzo. La sensación inesperada le provocó olas exquisitas de placer que giraron por todo su ser. Arqueando la espalda, inconscientemente, ella lanzó los senos hacia adelante, suplicando más.

Dándose cuenta de la profundidad de su deseo, ella cerró los ojos, sin poder reconciliar a la Leticia que había conocido toda la vida con la criatura que Ramón había creado. Una mujer, madura y hambrienta con deseos insatisfechos.

Algo cálido y húmedo le tocó el seno, tomándolo hacia una caverna de placer suculento. Él la estaba chupando, se dio cuenta. Se le abrieron los ojos, y se sentó.

Levantando la cabeza de su seno, él acarició con los dedos su suave piel. La trató de convencer:

—Déjame saborearte, Leticia, por favor. Me sabes a leche y miel, a fruta y néctar. Y tu piel es tan suave, como satín, satín caliente.

Bajo la suave presión de las manos sobre sus senos, ella se sometió, hundiéndose en la alfombra, entregándose a él.

Su boca la encontró de nuevo, caliente y húmeda; la lanilla de su lengua rodeó cada pezón, comenzando una frotada delicada, pero abrasiva. Ella podía sentir que sus pezones se hacían duros y arrugados, ardiendo de deseo, inquietándola.

Levantó la mano y recorrió sus uñas ligeramente por el pecho de él, sabiendo lo que quería, pero no dispuesta a entregarse completamente. Era pura tortura, un tormento placentero, pero tortura de todos modos.

Su vagina se contraía dolorosamente, exigiendo fruición. Sus propios jugos fluían, mojando su pantaleta. Sin darse cuenta de lo que hacía, levantó sus caderas del suelo, girando ferozmente.

Viendo su necesidad, él bajó la mano para tomar en ella su monte de Venus a través de su pantalón de mezclilla, aplicando presión. Ella se movió contra su mano. La boca y la lengua de él estaban todavía cálidas sobre sus senos, enviando rayos excitantes de éxtasis por todo su cuerpo. Aturdida por el deseo insatisfecho, apenas se dio cuenta cuando su pantalón se desabrochó y cuando la cremallera se bajó. La mano de él separó la abertura, alisando el algodón de su pantaleta contra su clítoris.

Ella levantó las caderas del suelo, exigiendo más. Él respondió, insinuando sus dedos bajo el elástico de su pantaleta, encontrando el botón de su deseo y rodándolo entre las puntas encallecidas de sus dedos.

Aumentó el placer con el dolor, creciendo fuera de control. El mundo retrocedió, desvaneciéndose en la nada. Hacía tanto que no había sido tocada por un hombre, tanto tiempo sin hacer el amor. Necesitaba tanto, deseaba tanto, estremeciéndose hacia aquella lejana cima de alivio.

La parte inferior de su cuerpo se sentía pesada, bombeando sangre. Estaba al borde de la satisfacción, que se acercaba, llamándola, como un Svengali libidinoso, seduciéndola, haciéndola trepar más y más alto.

Él, bajando los dedos, los mojó con los jugos de ella y los extendió sobre su clítoris, acariciando y frotando el pequeño botón hasta que ella pensó que iba a explotar por exceso de placer, exceso de éxtasis. Lanzando y levantando las caderas, aceptó el regalo, presionando contra su mano, disfrutando como su mano la llevaba a la cima.

Subiendo, flotando sobre una nube de pura sensación, ella llegaba a su clímax. Ramón se acomodó un poco, presionando su monte de Venus de nuevo, aplicando presión mientras sus dedos continuaban haciendo su magia. Tomando un seno dentro de su boca, lo chupó; su calor la empujó hacia el orgasmo.

De repente, ella explotó. Remolinos de ardiente placer se apoderaron de ella, como olas en una laguna, haciéndose más y más grandes, pasando por todo su cuerpo, desde la parte superior de la cabeza hasta las puntas de los dedos de los pies, con sensaciones exquisitas.

Temblando contra él, con las olas de pasión recorriendo todo su cuerpo, se aferró a él, susurrando una y otra vez:

—Amorcito mío.

Asombrada por la fuerza de su orgasmo y agradecida, ella le levantó la cabeza y lo besó en la boca. Fue un beso ardiente, lleno de todos los nuevos sentimientos maravillosos y tormentosos que vibraban en ella.

Había esperado que la intentara seducir, pero no había esperado que le diera un regalo tan maravilloso, sin pedir nada a cambio. ¿Esperaría él pasar a la habitación ahora? Por muy agradecida que estuviera, no estaba segura de estar dispuesta a entregarse por completo en consumación total. Se dio cuenta de que era muy egoísta de su parte, pero no podía evitarlo. Era lo que sentía.

Él volvió a acomodarse, levantándola sobre su regazo, alisando su cabello de la cara, peinándola con sus dedos. El tacto de él era tan reconfortante que la enternecía, y comenzó de nuevo a experimentar la sensación de deseo. Acurrucada entre sus brazos, escuchaba el latido rítmico de su corazón tamborileando bajo el oído de ella.

—¿Fue agradable para ti? —preguntó él.

Ella se tensó en sus brazos, deseando saber adónde él iba con esa pregunta, pero sin poder mentir.

—Sí, fue maravilloso —contestó.

—Entonces eso me agrada.

Ella estuvo a punto de preguntar cómo se sentía él. Si se parecía algo a como ella se había sentido antes de su clímax, entonces tenía que estar sintiendo bastante dolor. Ella tenía miedo de preguntar. Después de todo, no estaba dispuesta a hacer el amor con él todavía, y preguntarle sería lo mismo que torturarlo.

Moviéndose sobre su regazo, volteó para acariciar su pecho y recorrerlo con pequeños besos, inocentemente queriendo mostrarle su gratitud. Al moverse, él gimió desde las profundidades de su garganta, y ella sintió el bulto de su pene contra sus nalgas.

—Perdón, Ramón, no fue mi intención…

—Lo sé. Quizás debamos vestirnos, que se hace tarde.

Mirándolo de reojo, no pudo evitar que se le notara la incredulidad en la voz.

—Quieres irte… ahora.

—Creo que ante las actuales circunstancias, sería lo más prudente.

Ella sabía que era perverso de su parte, pero la admisión de él la desilusionó. Le recordó demasiado la frialdad de su exmarido. ¿Qué es lo que le pasaba? ¿Acaso no era suficiente deseable para él? Pero ella sabía que él la deseaba, se dijo a sí misma, porque acababa de sentir la prueba de ese deseo.

Confundida y sacudida, se deslizó de su regazo y empezó a buscar su sostén entre el montón de ropa desechada. La mano de él se extendió, agarró su muñeca, y se llevó su mano a los labios.

—Te deseo, Leticia, y ni sabes cuánto. Pero no creo que estés preparada para esto. Y te hice una promesa que tengo toda intención de cumplir.

Escuchando sus palabras, sabiendo lo que tenía que estar sintiendo, el corazón de ella se hinchó. Sus ojos se llenaron de lágrimas, y sintió un ardor en la garganta. Qué bueno era con ella. Qué bien la trataba. Qué considerado y poco egoísta.

Ella lo observó mientras él encontraba su playera y se la ponía. Siguiendo su ejemplo, ella encontró su sostén y lo abrochó. La mirada de ella lo barrió de arriba abajo, casi contra su voluntad. El bulto delatador en su pantalón permanecía ahí, estirando la tela.

Se le ocurrió de repente a ella que por qué no podía hacer por él lo que él había hecho por ella. Tentativamente, extendió su mano y la pasó por encima del bulto. Sus ojos café color cacao se abrieron ampliamente, y él le agarró de nuevo la muñeca. Ella lo miró, suplicando silenciosamente, sin saber poner palabras a su deseo, demasiado tímida e insegura de sí misma para explicarlo.

Sostenida por él, siguió alisando la mezclilla sobre la forma de su pene, suavemente, procediendo con ternura, lentamente. Él gimió de nuevo y se recostó sobre el sillón, entregándose a ella. Con manos temblorosas, ella encontró el broche de su pantalón y lo desabrochó. Su cremallera se abrió con facilidad. Sus dedos encontraron la abertura en sus calzoncillos y la ensancharon.

Desde su nido de grueso vello negro, su pene brincó hacia la mano de ella, casi como si tuviera vida propia. Tomándolo en su puño, llevó sus dedos hacia abajo de la cabeza partida, disfrutando la sensación dura pero aterciopelada de él, en la viva esencia vibrante de su hombría.

Era una revelación; aumentaba en dureza y tamaño dentro de su mano con cada caricia y cada frotada. Ramón cerró los ojos, con sus manos flácidas a sus costados, y levantó las caderas para facilitar los movimientos de ella. Gimiendo, se movía bajo las tiernas embestidas de ella.

Con su pene en la mano, ella experimentó una exquisita sensación de satisfacción, dándose cuenta de que le agradaba complacerlo. Era una nueva experiencia, algo que jamás había experimentado. Y se sentía tan natural, que casi volvió a llorar.

Lo podía sentir palpitando en sus manos, y pequeñas gotas de humedad se juntaban en la punta. Maravillada ante la humedad que se acumulaba, se dio cuenta de que no había sabido que los hombres se lubricaban como las mujeres. Las gotas brillosas de humedad la llamaban, y ella sintió un gran deseo de lamer la fuerte cabeza tan hermosa de su pene y saborear la esencia de él.

Jamás había hecho nada tan atrevido antes. El calor empezó en la nuca y subió hacia su cara, y se sintió avergonzada de sus propios pensamientos libidinosos. Se concentró en darle placer, superando su propia timidez.

Ramón se retorcía bajo ella. Su respiración estaba entrecortada. Sus caderas subían y bajaban. Empujaba su pene contra las manos de ella con fuerte urgencia. Comprendiendo la implicación, ella frotó la mano hacia arriba y hacia abajo, sosteniendo su duro miembro, moviéndose más rápido, apretando más, hasta aliviarlo.

Cuando ella sintió que él temblaba fuera de control, cubrió su boca con la de ella, sintiendo sus gemidos de satisfacción profundamente en ella, maravillándose en la sensación de su semen líquido y caliente que le cubría las manos.

Él se desplomó contra ella, enredando los dedos en su cabello.

—Eres tan buena, Leticia. Tan generosa. Lo supe desde el primer día en mi oficina —su voz se volvió intensa—. Preciosa mía, jamás te lastimaré. Lo juro por la Virgen Bendita. Nada más no me dejes... —se detuvo y la atrajo contra él, enterrando su cara en el cabello de ella.

CAPÍTULO CINCO

Leticia se acurrucó entre los brazos de Ramón, con las palabras de él reverberando en su cabeza. Pudo adivinar lo que él estuvo a punto de decir antes de detenerse. Eran dos personas atemorizadas, se dio cuenta, luchando para sobreponerse a sus pasados.

Quizás Jennifer tuviera razón, quizás era hora de seguir con su vida. No podría seguir viviendo en el pasado para siempre. Ramón tampoco. Si ella podía dejar el pasado, ¿por qué no lo podía hacer él? Una nueva esperanza nació dentro de ella, germinando como una semilla. Nada más el que él hubiera jurado jamás volver a casarse, jamás volver a comprometerse, no significaba que no podía cambiar de opinión, ¿o sí?

Se conocía lo suficiente para reconocer que estaba sintiendo la euforia de haber hecho el amor; su esperanza se fue desvaneciendo un poco. Como mujer, compartir su cuerpo significaba más que el placer animal. Pero los hombres no profesaban los mismos sentimientos respecto a la satisfacción sexual, ¿o sí?

Si sólo pudiera hacer que Ramón volviera a abrirse con ella, pensó. Si sólo confiara un poco en ella, como ella estaba tratando de confiar en él.

Extendiendo la mano, recorrió sus fuertes y atractivas facciones con los dedos, murmurando:

—Como yo me siento en estos momentos, no podrías deshacerte de mí aunque me golpearas con un palo. No quiero dejarte, Ramón, pues apenas estamos comenzando.

—Lamento haber dicho eso. Yo no puedo decirte lo que hagas o no hagas. Tú sabes el refrán, de que no sabemos lo que decimos en momentos de pasión —se retractó, restándole importancia.

Ante sus palabras, a ella la apuñaló un carámbano directamente en el corazón. Él no quería admitir sus vulnerabilidades. Y quería borrar lo posesivo que se había mostrado y volver a una relación sin ataduras. La nueva esperanza de ella volvió a morir un poco, y se preguntó si podría llegar a borrar el dolor del pasado. Sería una tarea formidable, ella se dio cuenta; tendría que usar toda la paciencia que tenía.

—Leticia —interrumpió sus pensamientos, besando ligeramente su frente—. Ya es tarde. Debo irme. ¿Puedo verte mañana? Sé que tanto la mueblería como APA están cerrados el domingo, así que más te vale que tengas un buen motivo si dices que no.

—¿Qué tal un inventario completo en la tienda? ¿Es suficiente motivo?

—¿Por qué escogiste este fin de semana para hacer inventario? —gruñó.

Ella titubeó, todavía indecisa sobre hasta qué grado estaba dispuesta a confiar en él. Pero, ¿si no se abría un poco, por lo menos en ciertas cosas, cómo podía esperar que él hiciera lo mismo?

—Porque voy a cambiar la tienda. Voy a vender los muebles viejos y meter una línea de muebles hechos a mano y antigüedades del área de las montañas. ¿Te acuerdas lo que dijiste el otro día respecto a que tenía que mantenerme al corriente de las preferencias del consumidor? Éste es un ejemplo de lo que estabas hablando. Las cadenas de descuento me han estado matando durante los últimos dos años. Una mueblería pequeña con una sola persona como propietaria tiene más posibilidades de sobrevivir cubriendo un mercado específico que tratando de competir con las cadenas.

—¿Entonces tu viaje a San Antonio fue para comprar nuevo inventario?

—No, fui para obtener capital para el cambio. Una vez que termine con el inventario, me voy de nuevo al área de las montañas en viaje de compras.

—Escogiste un excelente momento para dejarme, Lucila —bromeó.

—¿Qué… —sacudió la cabeza, buscando entre los recuerdos. Había oído esa frase o algo parecido en alguna parte.

—A veces olvido que te llevo varios años, y probablemente no escuches las canciones de country. No trates de descifrarlo, porque nada más intenté ser chistoso.

Luego ella recordó, pues había citado o mal citado la letra de una balada country cantada por Kenny Rogers, de un hombre cuya esposa, Lucila, lo dejó de repente, con la cosecha sin levantarse y con hijos que criar.

—Muy chistoso —murmuró ella—, recuerdo la canción. Bastante cursi —le dio un codazo—. Pero no me voy para siempre, pues regresaré en una semana.

—Una semana —repitió él, pensando—. ¿Qué tal si te acompaño en tu viaje?

Su ofrecimiento la sorprendió. No lo había esperado. No sabía precisamente cómo responder. Tener alguien con ella haría el viaje más agradable, especialmente si ese alguien era Ramón. Pero también había un lado negativo en el asunto. ¿Podría ella concentrarse en los negocios en compañía de él? Un viaje los pondría juntos, lejos de los chismosos empedernidos de Del Río y de Acuña, facilitando más la fruición de su relación.

Mirándolo a la cara, ella trató de medir su ofrecimiento. ¿Sería eso lo que tenía en mente, llevarla lejos para seducirla?

Como si pudiera leerle los pensamientos, él extendió las manos ante ella, palmas para afuera.

—No es lo que estás pensando, Leticia. Es nada más que quisiera pasar tiempo contigo, y con las muchas ocupaciones de los dos, podría ser nuestra mejor oportunidad. Dormiremos en cuartos separados, y no te molestaré durante el día. He sido invitado a participar en un simposio sobre el TLC en la universidad. He aplazado el viaje, pero con lo que me espera de trabajo, debería asistir ahora, mientras tengo tiempo.

Impresionada porque había sido invitado a participar en un simposio universitario sobre el TLC, pero todavía desconfiada respecto a sus motivos, preguntó:

—¿Qué quieres decir con eso del trabajo que te espera?

—Ah, es que...

Ahora le tocaba a él estar sorprendido, como si no hubiera esperado su pregunta. También titubeó, como si considerara cuánto decirle.

—Yo juego un poco en la política, Leticia —confesó—, y me han pedido que sea el jefe de campaña de un candidato a la legislatura mexicana. Una vez que esté en plena campaña para las elecciones primarias, estaré muy ocupado. Seguramente mi bufete tendrá que sufrir, y tendré que viajar mucho.

—Ya veo —respondió secamente.

Consideró la información que él le había dado. Pensando en este nuevo compromiso, se le desplomó el corazón. Él tenía razón, entre sus responsabilidades en la mueblería y las actividades de él dentro de la política, probablemente no llegarían a tener mucho tiempo para estar juntos.

—Ya que voy a estar en el comité en la Universidad de Texas, si vamos juntos, pensé que podríamos quedarnos en un centro turístico cerca de Austin —ofreció—. Estar cerca de Austin sería conveniente para mí, y a ti te daría una base central de operaciones. Sin embargo, es tu viaje, y si no es conveniente, lo comprendería.

—No... —dijo ella, lentamente, todavía indecisa—. No sería inconveniente. Tener una base central de operaciones podría ser mejor que estar empacando y desempacando todas las noches —admitió—. No había pensado en la logística del viaje, nada más tenía un itinerario aproximado de los lugares que quería visitar.

Él tomó la cara de ella entre sus dos manos, tocando su mentón con ternura, insistiendo:

—Entonces, di que sí. Te llevaré a divertirte, te lo prometo. Tendremos las noches para nosotros mismos. Si estudiaste ahí, entonces me imagino que te gusta Austin tanto como me gusta a mí. Conozco unos excelentes restaurantes y lugares para escuchar música local. No puedes ir nada más a trabajar, sin divertirte.

Su convencimiento le recordaba lo que había dicho Mercedes. Desde su divorcio, no había tomado mucho tiempo para ella misma, y no había hecho lugar en su vida para la diversión. Tanto Mercedes como Jennifer le insistían, tratando de hacerla salir más. Y de verdad le gustaba Austin.

—Está bien. Haz los arreglos tú. Eso me ayudaría mucho —titubeó un momento, tratando de pensar en las palabras que se tenían que decir sin parecer ordinaria.

—No te preocupes —él comprendió intuitivamente su titubeo—, sacaré cuartos separados.

Ella se rió, dándose cuenta de que ya estaba confiando en él, porque no era eso lo que le había estado preocupando.

—Dado que vamos a estar en cuartos separados y yo estoy en viaje de compras, insisto en que sean cuentas separadas. No escojas algún lugar demasiado caro. Mi cuenta de gastos es un poco limitada —confesó.

—Algo así como un motel de tercera —dijo él bromeando.

Dándole otro codazo, logró sacarle un "ay" sorprendido.

Agarrando sus muñecas sin advertencia alguna, él las llevó hacia arriba de la cabeza de ella, y bajó la boca sobre la suya, metiendo la lengua hacia adentro, exigiendo que se rindiera. Al principio ella se resistió, pero después de varios segundos, se encontró derritiéndose contra él, abriendo la boca y devolviéndole el beso, larga y profundamente.

Él se soltó, murmurando contra su cuello:

—Voy a tener que tomar pasos para defenderme, Leticia, si sigues atacándome —el tono de su voz tenía una nota de broma junto con otra cosa. Ella reconoció el doble sentido de su juego de palabras.

—Adelante —asintió fácilmente, volviendo a juntar su boca con la de él.

Estaban sentados en el patio privado de Leticia, con vista al Lago Travis, en el centro turístico que Ramón había encontrado. De alguna manera, o por su influencia o contactos, les había sacado una excelente tarifa, una que Leticia podía pagar.

El sol, quemando en toda su gloria anaranjada, lentamente bajaba tras el lago, y mientras sus rayos se apagaban, empezó a soplar una brisa. Estirando sus piernas fatigadas y sus pies cansados, ella volteó la cara hacia la brisa, permitiendo que le refrescara la cara. Estirando la mano, ella levantó su copa de vino y tomó un pequeño sorbo del chardonnay dorado que Ramón había pedido para ella.

Así es como debería ser la vida, pensó en silencio, consciente de que esto terminaría demasiado pronto. Hoy era la cuarta noche en Austin, y su viaje de compras estaba casi completo. Otro día, posiblemente dos, dependiendo de cuánto territorio pudiera cubrir el día siguiente, y habría visitado todos los lugares en su itinerario.

Ramón había terminado hoy con el simposio. Le había pedido ella que la acompañara mañana, pero había dicho que no, diciendo que tenía que visitar a unos viejos amigos.

Su rechazo la había picado, lastimándola. Había sido todo un caballero, manteniéndose ocupado durante el día y respetando el hospedaje en sus cuartos separados. Se habían besado y acariciado, pero nada como la intimidad que habían compartido en su casa. Perversamente, casi hubiera querido que fuera menos caballeroso. Pero parecía que él estaba decidido a demostrarle algo: que podían divertirse juntos sin comprometer los deseos de ella.

Recordando el placer que él le había dado aquella noche en su sala, su cuerpo vibraba con excitación. Habían pasado casi dos semanas desde su caliente intercambio, y ella no había logrado apartarlo de su mente. Las escenas vaporosas pasaron una y otra vez por su mente, manteniéndola en un estado constante de excitación.

Ella estaba muy lejos de ser la chica asustada de su primera salida a la fonda de Mamá Crosby, y lo reconocía. Pero las acciones de Ramón habían sido respetuosas, inspirando confianza. No era sorprendente que ella se hubiera relajado, para terminar aún más profundamente hechizada por él.

Mirándolo de reojo, sintió gran emoción con simplemente verlo, sabiendo que estaba con ella porque quería estar con ella. Era tan varonilmente guapo, tan masculino y sofisticado, que ella casi tenía que pellizcarse para creer su buena fortuna.

—¿Qué se te antoja hoy? —preguntó—. ¿Algo en especial? Conozco un excelente lugar para barbacoa en las montañas… la Línea del Condado.

—He ido ahí —contestó ella—, cuando estaba estudiando aquí. Tienes razón. La comida es excelente y la vista espectacular. ¿Sabes que también tienen una sucursal en Austin?

—Sí, pero siempre está atascada de gente. Y aunque Barton Creek es bonito, no es lo mismo que manejar hasta las montañas. ¿Te gustaría ir ahí en la noche?

Quitándose sus zapatos azul marino de tacón, estiró las piernas de nuevo y movió sus dedos, pensándolo. Realmente estaba fatigada. Había estado corriendo constantemente desde el día que habían llegado, manejando por toda la región montañosa durante el día para buscar los muebles, antigüedades y accesorios, negociando precios y fechas de entrega.

Durante la noche, Ramón había más que cumplido su promesa de pasearla. Ya habían salido a varios excelentes restaurantes; uno de cocina nueva del suroeste, otro de cocina mexicana, y la noche anterior, uno de cocina francesa-continental. Habían visto dos espectáculos con músicos de la localidad y habían paseado por el bullicioso distrito de las cantinas de la Calle Sexta.

—¿Te importaría si durmiera una siesta y nos quedáramos aquí en la noche? No sé si puedo comer más comida fabulosa. Voy a inflarme como un globo. Me gustaría nada más una ensalada para variar. Y tú podrías pedirte una hamburguesa o un bistec. ¿Te importaría?

—Me lastimas, Leticia —respondió con tono ofendido—, con tus gustos tan obviamente burgueses. Una hamburguesa y una ensalada. ¡Que poca imaginación! Puedo ver que he estado desperdiciando mis conocimientos culinarios contigo —bromeó.

A ella le fascinaba cuando él se burlaba así. De algún modo eso los unía, juntándolos en su propio mundo privado, con sus propias bromas privadas.

—No te sientas mal, Ramón —respondió ella con ligereza.

Levantándose descalza, dio la vuelta a la mesa, echó los brazos alrededor del cuello de él desde atrás y besó la parte superior de su ondulado cabello color azabache, disfrutando el olor suyo a musgo.

—Tú sabes que nada más soy una chica provinciana con gustos provincianos —bromeó en respuesta—. Me han encantado todos los lugares adonde me has llevado. Supongo que sería como comer una dieta constante de caviar; después de un rato se te antoja una hamburguesa común o una salchicha. Y además, estoy muy cansada —confesó—. Me siento como si hubiera atravesado todo el estado de Texas por lo menos veinte veces. Por favor, nada más una siestecita y luego una cena tranquila. ¿Está bien?

Agarrándola por los brazos, él besó sus muñecas, dejando su lengua recorrer la sensible piel ahí. Temblando de placer, ella se apretó contra él, entregándose al momento.

—Está bien, trato hecho —asintió él—, con una sola condición.

—¿Y ésa cuál es?

—Que comamos al lado de la alberca. Nos veremos ahí a las nueve. No hemos ido a nadar, y tengo ansias de verte en traje de baño, de preferencia un bikini.

—¿Y si no tengo bikini?

—Entonces me conformaré —murmuró—. Tengo mucha imaginación —volteando en su silla, levantó los brazos para atraer la cara de ella hacia él, y la besó ligeramente—. Descansa un poco —ofreció tiernamente—. Nos vemos a las nueve.

Leticia estaba temblando y apretó la toalla sobre su pecho. Hacía casi demasiado frío a estas horas de la noche, tan mojada como estaba de la alberca. Ella tuvo que admitir que su baño nocturno en la alberca había resultado tanto relajante como estimulante. La siesta había ayudado un poco también.

Llegó su comida y ella miró a Ramón. Él había ordenado una hamburguesa enorme con todos los aditivos. Ella tenía suficiente hambre como para comer un caballo, después de haber dormido y nadado. La ensalada del chef se veía apetitosa; lechuga fresca, con jamón, queso y huevo duro.

El mesero preguntó si querían algo más porque la cocina estaba a punto de cerrar. Ramón miró hacia ella. Ella negó con la cabeza. Él agradeció al mesero y dijo que no.

Ramón jamás dejaba de asombrarla. Tan cortés y sofisticado, pero juguetón y bromista al mismo tiempo. Su nadada se había convertido en un retozo acuático de persecución y chapoteo. Él había mostrado su habilidad como clavadista y hasta le había enseñado a ella la manera exacta de sacar la pelota en voleibol acuático. No porque hubieran otros jugadores a estas horas de la noche, pero habían logrado llevar a cabo un buen partido entre ellos dos solos.

Comiendo un gran bocado de hamburguesa, él metió una pierna bajo la mesa de hierro forjado, y su pie mojado y descalzo encontró la pierna de ella. Usando sus dedos, le acarició la pierna desnuda hacia arriba y hacia abajo, luego de guiñarle el ojo.

Temblando por la sensación sensual de la piel de él contra la suya, ella arrebató su pierna, regañándolo:

—Me haces cosquillas.

—No me pude resistir, porque tienes piernas unas tan largas y hermosas. Compensan ese traje de abuelita de una pieza que estás usando —bromeó.

—¡Traje de abuelita! —espetó ella—. Quiero que sepas que este traje es la última moda en trajes de baño. Nada más porque no es bikini o tanga para satisfacer tu apetito libidinoso no quiere decir que sea traje de abuelita —pensándolo bien, agregó—: Pero gracias por el cumplido... respecto a mis piernas.

Él se rió; su abdomen se tensó, y los músculos se veían tersos bajo su piel dorada. Había colgado una toalla como chal sobre sus hombros. La mirada de ella se deslizó sobre su pecho tan masculino. No porque no hubiera visto antes sus fuertes líneas, cubiertas de espeso vello negro. Pero la otra vez ella había estado ocupada con asuntos más importantes. Ahora podía disfrutar su hermosura, las líneas totalmente masculinas, definidas por la expansión tersa de sus músculos.

Sintiendo que su cara se acaloraba, volvió su atención a la ensalada, vertiendo el aderezo sobre ella y mezclando los ingredientes con su tenedor.

—¿Qué tal está tu ensalada? Mi hamburguesa está deliciosa. Fue excelente idea, Leticia, más divertido que un aburrido restaurante otra vez.

—Mi ensalada está bien —sonrió ella—. Me agrada que estés disfrutando el cambio.

Hubo pausas en la conversación mientras comían. Era una noche de poca clientela, siendo entre semana. El área de la alberca estaba vacía aparte de ellos dos. Una media luna reflejaba su luz sobre el agua, tendiendo un velo de plata brillante. La brisa susurraba desde los viejos robles, como contraparte al zumbido metálico de las cigarras.

Masticando su ensalada y disfrutando la noche, ella pensó en lo distinta que se sentía a la primera vez que salieron. En la fonda de Mamá Crosby, una pausa en la plática le había causado pánico. El vestido escotado la había hecho correr al tocador. Ahora estaba sentada, suficientemente confiada en su relación para cenar, sin nada puesto aparte de un traje de baño y una toalla.

Recordando lo asustada e insegura que había estado esa noche, reconocía que eran los incansables esfuerzos de parte de Ramón los que la habían hecho sentirse cómoda. Él había hecho una promesa y la había cumplido, tomando sólo lo que ella estaba dispuesta a dar. Ella lo respetaba profundamente por eso.

Además él era tan divertido. Jamás había sospechado ella que lo fuera. Cuando lo había conocido en su oficina, había sido profesional y servicial, y la había escuchado con interés. También se había abierto con ella, revelando partes de su vida privada que ella no había esperado saber. Desde entonces, él había mantenido la ligereza en la plática, hablando sobre la mueblería de ella y los muebles que estaba comprando, así como su experiencia en el comité del simposio sobre el TLC. Hasta habían recordado sus días en la universidad en Austin.

Él la había enseñado a vivir de nuevo, a divertirse, y ella lo reconocía. ¿Hacía cuánto que no se divertía? Desde un principio, su relación con su exmarido había sido tensa. Sus salidas con él habían sido estériles, según lo recordaba ella. ¿Qué es lo que la había atraído de Gary? ¿Por qué había creído ella estar enamorada de él?

La respuesta era tanto dolorosa como patética. Se había casado con Gary por simple despecho, no de otra relación amorosa, sino como respuesta natural a su pena y su soledad después de perder a sus padres.

Ramón la atraía sexualmente, y era divertido estar con él. ¿Era esto suficiente base para una relación, aunque él estuviera dispuesto a algo serio, lo cual ya le había dicho que no era su intención? No sólo una, sino dos veces, se recordó a sí misma: la primera vez, en su oficina; la segunda vez, cuando le hizo a ella la promesa.

Tanto Jennifer como Mercedes le habían insistido en que empezara a salir, a explorar nuevas relaciones, para acostumbrarse a estar con hombres de nuevo, para borrar los dolorosos recuerdos de su divorcio. ¿Sería posible que Ramón hubiera llenado esa función en su vida, sacándola, recordándole de lo que se trataba la diversión en la vida? Ella se preguntó si lo que había entre ellos no sería sino un mero trampolín para después buscar ella una pareja conveniente, pues todavía deseaba tener una familia.

Levantando la mirada, ella vio que él había terminado su hamburguesa. Con sumo cuidado, él se limpió la boca con una servilleta y se sentó hacia atrás en la silla, suspirando. Nada más mirarlo y oír su suspiro de gusto era suficiente para hacer correr su pulso e hincharle el corazón.

Ella realmente quería a este hombre, lo quería mucho.

—Hablé con Rosa, mi secretaria, hoy —dijo él, rompiendo su largo silencio—. Tengo buenas noticias.

—Sí.

—Encontraron al señor Miller. Trató de pasar la frontera clandestinamente. La patrulla fronteriza lo detuvo. Está en la cárcel, esperando una audiencia ante el juez. Después de esto, le será bastante difícil escaparse de pagar la pensión alimenticia.

—¿Cómo fue que lo detuvo la patrulla fronteriza?

—Tengo amigos con la dependencia. Les di su nombre y su descripción. No debería haber tratado de regresar tan cerca de casa —se encogió de hombros—. Juárez o Matamoros pudieron haber sido mejores lugares.

Agradecida por su ayuda, ella estiró la mano para tomar una de las de él entre las suyas y apretarla.

—Muchísimas gracias. ¿Cómo te lo puedo llegar a pagar?

Levantando y bajando las cejas, él dijo:

—Puedo pensar en varios modos interesantes.

Dándose cuenta de que hablaba tanto en serio como en broma, ella se sonrojó, bajando la mirada hacia su regazo y soltándole la mano. ¿Por qué la llenaba con tanto temor y alegría al mismo tiempo el simple pensar en su reciente intimidad?

—Mi exmarido trabajaba en la Patrulla Fronteriza —espetó, sin saber por qué había ofrecido esa información. Probablemente porque el franco deseo de él la había hecho sentirse repentinamente nerviosa.

—No me digas —comentó Ramón, con un tono de voz neutral.

—Sí, por eso estaba en Del Río. Así nos conocimos.

—¿Fue después de que fallecieron tus papás en el accidente en la lancha, en el Lago Amistad?

—Sí.

Ella cerró los ojos, tratando de borrar las perturbadoras imágenes. Aún después de cinco años, pensar en la lancha de sus padres pegando contra un obstáculo invisible en el lago para luego voltearse era demasiado horrible para soportarlo. Había sido un accidente tan extraño. Cuando habían llegado al centro turístico, Ramón le había preguntado si no quería ella que alquilaran una lancha para explorar el lago. Ella había rechazado la oferta cortésmente; no tenía intención alguna de volver a pasear en lancha en un lago en lo que le quedaba de vida.

Forzando sus pensamientos a desviarse de la tragedia, buscó mentalmente, tratando de encontrar el hilo anterior de su plática. Hablar de Gary, aunque no fuera un tema muy agradable, era mejor que pensar en la muerte tan trágica de sus padres.

Si fueran a formar una relación, ella sentía que Ramón tenía derecho a saber lo de su exmarido. Ella hubiera querido que se abriera de nuevo con ella para explicarle más respecto a su matrimonio fracasado.

—Mi exmarido era de Chicago y, cuando ingresó a la Patrulla, había esperado ser asignado a la frontera con Canadá —dijo riéndose, pero su risa sonó amarga, aun en sus propios oídos—. Acabó en Texas en la frontera con México. No era una persona feliz. Odiaba el calor.

—¿Y te enamoró rápidamente?

¿Qué es lo que había dicho ese día en su oficina? Del Río y Acuña eran pueblos chicos, llenos de chismes. ¿Cuánto sabría? ¿Cuánto habría adivinado? ¿Era tan obvio por qué se había casado ella con Gary, aun para alguien a quien no había conocido entonces?

—Sí, nos casamos rápidamente —admitió ella—, demasiado rápido. Ninguno de los dos realmente conocía al otro. Sólo su madre vino a Texas para la boda. Yo sabía muy poco respecto a su pasado.

Mirando rápidamente a Ramón, esperó que él entendiera la indirecta. Ella sabía que le gustaba ser reservado respecto a su vida privada, pero se negaba a tener una relación otra vez con un hombre sin saber nada de él. No iba a cometer el mismo error dos veces. Las facciones de él no delataban nada. Sus ojos estaban sombríos, ocultando cualquier reacción que pudiera tener.

—Estuviste casada aproximadamente dos años —le dijo.

—Un poco más de dos años cuando por fin llegó el decreto final de divorcio. Él pidió un cambio para la frontera de Canadá, más cerca de su pueblo natal. No he sabido de él desde entonces —suspiró—. Lo cual no me desagrada.

—Te culpas.

Leticia titubeó, preguntándose si se culpaba, si por esa razón había sido tan renuente a salir con ningún hombre. Probablemente tenía algo que ver, pero la otra parte, la parte que había ocultado hasta de Jennifer, hasta hacía algunas semanas, era casi demasiado horrible para ponerle palabras, especialmente para admitirlo con otro hombre.

Gary había dejado de desearla como mujer, a pesar del deseo ferviente de ella de tener familia. Cuando ella lo había enfrentado para pedir una explicación, él la había agredido, acusándola de cosas terribles, de andar con otros. Después de eso, ella había vivido con miedo de sus rabias celosas e irracionales. Cerrando los ojos, agachó la cabeza.

Parecía tan sencillo cuando una empezaba a hablar, queriendo soltar todos los secretos del pasado, capaz de intentar el auto-análisis. Pero la verdad podía ser casi demasiado dolorosa, evocando viejos sentimientos y recuerdos que deberían pasar al olvido. ¿Sentía Ramón lo mismo?

Levantando la cabeza, ella miró a los ojos de él. Él devolvió la mirada. Sus ojos estaban abiertos ahora, no sombríos con secretos, sino llenos de compasión y comprensión.

—No deberías culparte de nada, ¿sabes? —dijo suavemente—. Raras veces es culpa de alguien. Bueno, a veces lo es. Pero normalmente, es porque las dos personas simplemente no... compaginan —sacudió la cabeza—. No soy muy bueno hablando de estas cosas. Lo que estoy tratando de decir es que dos personas pueden casarse, sin darse cuenta de que tienen metas distintas y diferentes estilos de vida. Después, son esas mismas diferencias las que pueden acabar con un matrimonio.

Estirando las manos sobre la mesa, él tomó las dos manos de ella entre las suyas. Con ternura, frotó sus dedos suavemente, silenciosamente consolándola.

¿Así había sucedido con él? ¿Estaba proyectando sus propias circunstancias sobre el matrimonio fracasado de ella? Sus suaves palabras y su tierna caricia eran como medicinas para el alma de ella, dándole la fuerza para seguir. Quizás ante la confesión de ella, él le seguiría la corriente, razonó. Si ella se abría con él, ¿no haría él lo mismo?

Ella sabía que él le importaba. No era para ella un simple trampolín para llegar a otra relación. Lo quería a él, a Ramón Villarreal, a pesar de la amargura de su pasado. Y si fueran a tener un futuro, los fantasmas de sus pasados tenían que ser exorcizados. Era mejor conocer el terreno antes de involucrarse más a fondo, por dolorosa que fuera su confesión.

—Al casarnos, durante los primeros meses, fuimos felices —encontró el hilo de lo que había estado hablando de nuevo—. Por lo menos, hasta cierto punto —agregó—. Gary no estaba contento en Del Río, y se quejaba mucho por lo de la mueblería. Muchas veces pensé en qué pasaría si lo cambiaran de lugar, pero tenía miedo de enfrentarme con la situación. No podía aceptar la idea de otra pérdida…—se le quebró la voz, y agachó la cabeza, tratando de ocultar las lágrimas que comenzaban a brotarle de los ojos.

Medio levantándose, Ramón acercó su silla hacia la de ella. Rodeando los hombros de ella con un brazo, la atrajo hacia él, acurrucándole la cabeza contra su ancho pecho.

Inhalando, ella tomó su servilleta y se sonó la nariz, protestando:

—Perdóname, Ramón. Esto empieza a ponerse como una telenovela.

—No digas eso —le ordenó él—. No es novela ni es telenovela. Te sucedió a ti. No minimices tu experiencia.

Armándose de valor por las palabras de él, ella continuó:

—Supongo que fue después de unos seis meses de habernos casado cuando noté el cambio en Gary. Dejó de decirme sus horarios de servicio, esperando que siempre le tuviera la cena lista, no obstante la hora en que fuera a llegar. Si no lo hacía, me decía cosas muy feas. Y ya no me deseaba. Él sabía que yo quería tener hijos, pero el no ...

—¿No tenías curiosidad de saber por qué había cambiado? —preguntó, abrazándola, peinándole el cabello húmedo con las manos, consolándola y animándola.

—Sí, y le pregunté. Pero él me lo volteó y me acusó de... me acusó de... pues de acostarme con otros hombres —forzó la confesión a pesar del nudo que se le había formado en la garganta—. Yo no había hecho nada para... para... pero él estaba loco de celos, insistiendo que yo... yo... —no pudo terminar.

Llenando de aire sus pulmones urgidos, se dio cuenta de que había estado conteniendo la respiración. Enlazando sus manos temblorosas alrededor del cuello de él, trató de recobrar la compostura. Le había dolido mucho más de lo que se había imaginado, pero había logrado sacarlo, diciéndole todo a Ramón. ¿Qué pensaría de ella? ¿Inspiraría en él alguna duda duradera, creyéndola capaz de haber hecho algo para encender los celos de su exmarido? Más que su confesión sobre la falta de deseo de Gary, le preocupaba la idea de que Ramón dudara de su fidelidad como esposa.

Él le quitó la idea de la cabeza al acercarla hacia él.

—No te culpes, Leticia. Me parece que Gary era quien tenía el problema, no tú. A veces las personas proyectan sus defectos sobre los demás.

Ella hizo girar esas palabras dentro de su mente, sin saber exactamente lo que significaban, pero agradecida por su comprensión y especialmente por su confianza en ella. La consoló mucho saber que él creía en ella y la comprendía.

Enterrando su cara en el pecho musculoso de él, ella se aferró a él, inhalando su aroma del cloro de la alberca mezclado con algo de su colonia de musgo. Sus brazos eran como bandas de acero, protegiéndola de todo lo feo del mundo, de los terribles recuerdos de su pasado.

Llenando su frente y su cara de besos, él susurró:

—Estoy aquí, Leticia. Me importas. Nadie te puede lastimar ya. Yo no lo permitiré.

Devorando sus palabras como si estuviera muerta de hambre, aceptó el consuelo que encontró en ellas, dejando que se extendieran lentamente sobre su espíritu trastornado. Él había admitido que le importaba, se dio cuenta. ¿Seguiría a esto el amor?

Poniéndose de pie, la levantó suavemente, diciendo:

—Creo que deberíamos irnos ya. Es tarde y hora de acostarnos.

—Hora de acostarnos —repitió ella fatigada.

Su anterior energía por la siesta y por la nadada se le había desvanecido, dejándola débil y cansada... pero muy cansada. Con el fuerte brazo de él rodeando sus hombros, ella lo siguió.

CAPÍTULO SEIS

La despertaron los rayos de sol que se asomaban por debajo de las cortinas. Primero soñolienta y luego repentinamente despierta, Leticia se dio cuenta de que no había puesto el despertador. Prendiendo la lámpara sobre la mesa de noche, vio que ya eran las ocho de la mañana. Debería haber estado vestida y lista para salir a esa hora.

Vestida o... desvestida, la idea la asombró. Viendo hacia abajo, se dio cuenta de que estaba totalmente desvestida. Acostada tan desnuda entre las sábanas como el día que había nacido. Frunciendo el entrecejo, trató de recordar lo que había sucedido la noche anterior. ¿Se había entregado a Ramón? Había estado tan lastimada, contándole el desastre de su matrimonio, que había...

Luego se acordó. Ramón la había traído al cuarto, y le había quitado tiernamente su traje de baño mojado. La había secado con una toalla de baño y le había dicho que se metiera en la cama, sugiriendo que se durmiera. Su último recuerdo fue de él sentado al lado de ella y sosteniendo su mano mientras se quedaba dormida.

Recordando los eventos de la noche anterior, se le formó un nudo en la garganta. Sus ojos se llenaron de lágrimas, que rodaron sobre sus mejillas. Qué hombre tan bueno, tierno y comprensivo era él. Nada había pasado entre ellos porque estaba demasiado lastimada, y ella lo sabía.

Pero él la había cuidado, pasando por alto su cuerpo desnudo, ofreciéndole consuelo. Ella tragó en seco y se limpió las lágrimas de los ojos. Jamás se había sentido tan protegida y amada. Quizás él no pudiera decir las palabras, admitir la profundidad de sus sentimientos, pero ella sabía.

Tocaron a la puerta, y la voz de Ramón interrumpió sus pensamientos, llamando:

—Leticia, ¿estás despierta? Te traje el desayuno.

Brincando al suelo, agarró una bata blanca de toalla, se la puso y ató el cinturón. Caminó a la entrada de la habitación, quitó la llave y entreabrió la puerta. Ramón estaba en la entrada sonriendo, con una bandeja tapada con una servilleta en sus manos.

—Abre más la puerta, porque esta cosa es casi tan grande como una tina.

Obedeciendo, ella abrió la puerta y se paró tras la misma, no queriendo que ningún huésped que pasara fuera a verla a medio vestir y toda desarreglada.

Atravesando el umbral, con la bandeja delante, Ramón caminó hacia la mesa y colocó la bandeja encima. Suspirando aliviado, admitió:

—Es más pesada que lo que parece. No creo que pudiera ser buen mesero. No tengo suficiente fuerza —dijo, meneando la cabeza.

Ella se rió, diciendo:

—Tus bíceps tienen bíceps, Ramón, no seas tan modesto —tan pronto se dio cuenta de lo que había dicho, se tapó la boca con la mano, asombrada por sus propias palabras.

Volteando, él levantó las cejas y sonrió, su juvenil hoyuelo apareciendo.

—Y buenos días a ti —dijo, flexionando un brazo y luego dándose un golpecito en el bíceps—.Has estado admirándome en secreto. Me halagas. Por si no te lo había dicho antes, los halagos te conseguirán lo que quieras con este hombre.

Ella se atacó de la risa de nuevo, y bromeó:

—Ay, Ramón, eres demasiado.

—Nunca demasiado, preciosa, uno nunca puede ser demasiado.

Al oír el término cariñoso salir de sus carnosos labios, la electrizó una carga de energía. Los recuerdos de la noche en su sala se deslizaron sobre ella, haciéndola sonrojarse con el calor. De repente, se dio cuenta de que ni siquiera había visto un espejo esta mañana, y su cabello todavía había estado húmedo anoche cuando él la había acostado.

Su mano voló hacia su cabeza y encontró un nido de pájaro de tamaño gigantesco. Gruñendo, ella agarró la bata al nivel de la garganta y corrió a refugiarse en el baño.

Aún con la puerta cerrada, podía oír las palabras graves de él.

—Sin siquiera un buenos días corrió la dama. Sin embargo, aceptaré halagos en lugar de saludos sin significado. Aun así, traje el desayuno, y eso debería valer algo.

Sin hacer caso a sus bromas, ella miró hacia el espejo y casi se puso pálida por el asombro. Sus ojos estaban rodeados de negro, como un mapache, del rímel del día anterior. Y su cabello se veía aún peor, de ser eso posible. Estaba parado en todas direcciones, en ángulos extraños y con greñas de nudos, haciéndola verse como una especie de Medusa demente.

Agarrando un pañuelo, se limpió las manchas bajo los ojos y se preguntó cómo pudo haber dejado que entrara él sin siquiera pensar en como se veía.

Una vez que se hubo limpiado la cara, se puso un poco de maquillaje y agregó un poco de rímel en las pestañas. Luego encontró su cepillo y trató de cepillar las greñas empezando desde la parte superior de la cabeza. Pero el cepillo, como si se burlara de ella, simplemente cambio los enredos de lugar.

Esto es lo que pasa porque tengo el cabello tan grueso, pensó tristemente, sabiendo que Ramón estaba al otro lado de la puerta esperándola.

Tomando el peine, volvió a empezar. Se trabó en un enredo, y tiró fuertemente, impaciente por terminar.

Una sensación ardiente quemó su cuero cabelludo y gritó:

—¡Maldición!

Hubo un toque en la puerta y se oyó la voz de Ramón diciendo:

—Se enfría el desayuno. ¿Necesitas ayuda?

Volteando, abrió la boca para decirle que la esperara, pero las palabras jamás salieron de sus labios. Se abrió la puerta, y ahí estaba él, sonriendo de nuevo, como un gato que se había comido al pajarito.

Se dio vuelta, agarró una toalla y trató de envolverse en ella, humillada por la repentina entrada de él y su propio aspecto. Antes de que pudiera taparse, él estaba atrás de ella, viéndose enorme en el espejo, colocando sus manos suavemente sobre sus hombros.

—Leticia, nunca te han dicho que te ves tan buena por la mañana ¿que sería un gusto comerte a besos? Deja de jugar con esa toalla ridícula y déjame ayudarte con tu cabello —ofreció.

En cuanto la tocó, un rayo pasó por ella. Él estaba tan cerca y era tan fuerte. Si alguien se veía tan bueno como para comérselo a besos, era Ramón. Vestido con short de caqui y una playera morada, su cuerpo atlético emanaba sensualidad masculina.

Rindiéndose ante él, ella dejó caer la toalla, que cayó sobre el piso de imitación de mármol. Inclinándose contra su ancho pecho, se sometió.

—Está bien. Ve lo que puedes hacer —sobre su hombro, le pasó el peine.

—Mucha sensatez de tu parte —dijo, aceptando el peine. —Te habría cepillado el cabello anoche, pero estabas tan cansada, que no te quise mantener despierta. Me da gusto que no te hayas levantado más temprano. He tenido ganas de cepillarte el cabello desde la primera vez que entraste a mi oficina con él todo torcido encima de tu cabeza —confesó.

—Mi cabello no estaba torcido sobre mi cabeza —dijo ella suspirando—. Estaba peinado en un moño francés. Y ahora sabes por qué lo peino así. Es tan grueso y poco manejable.

—Es hermoso, Leticia, tu cabello es hermoso —la corrigió—, todo de un rojo oscuro con rayos dorados, suave y grueso al tocarlo.

Como si puntualizara sus palabras, con ternura colocó la mano izquierda sobre su cabeza y empezó a desenredar el primer nudo con los dedos de la otra mano, alisando los peores nudos antes de usar el peine para terminar con la tarea. Nudo por nudo, hizo lo mismo en todas partes de su cabeza, alisando y desenredando con tanta suavidad que ella temblaba.

Las manos de él sobre ella le enviaban olas de placer reverberando por todo su ser, excitándola más allá de sus sueños más fantasiosos. Divertida, ella lo vio por el espejo cuando él extendió la mano para recoger el cepillo. Remplazando el peine, cepilló hacia abajo, en movimientos largos y lentos, moviendo el cepillo sobre su cuero cabelludo como si fuera una caricia.

Suspirando, ella se dejó llevar por el asombrosamente erótico placer que él le causaba cepillando su cabello. Sentía un hormigueo exquisito en todo el cuerpo cuando la tocaba, vibrando con una necesidad cargada de electricidad. Sintió que sus senos se hacían pesados y calientes, y sus pezones se ponían duros.

Mirar el reflejo de ellos juntos en el espejo era como si ella estuviera mirando a dos extraños. Como si estuviera viendo una película pornográfica, admitió ante ella misma, avergonzada, pero al mismo tiempo excitada por la idea.

Él debió de haber sentido su reacción, porque levantó su pesado cabello y empezó a recorrer su cuello con besos. Siguiendo hacia arriba, su lengua pasó por su oído, enviando escalofríos de deleite palpitando por su cuerpo.

De algún modo, él había logrado deshacerse del cepillo, y subió las dos manos color de nuez para masajearle los hombros, separando la parte superior de su bata, destapando un poco sus senos. Observando sus oscuras manos deslizarse sobre su piel más blanca, ella sintió una descarga de deseo, que convirtió en agua sus rodillas, pasando como relámpagos por sus venas. Entre sus piernas, sintió contracciones en la vagina, y el indicio caliente y líquido de su deseo mojó la parte superior de sus muslos.

Sin poder aguantar más la dulce tortura, ella volteó entre sus brazos y se paró de puntillas, presionando su boca contra la de él.

Él le quitó rápidamente la bata, que cayó sobre el suelo al lado de la toalla. Él interrumpió el beso y se paró un poco atrás con sus brazos rodeándola. Parada completamente desnuda ante él, tembló. La mirada de él recorrió su cuerpo, tocando sin tocar, devorándola con los ojos.

—Qué hermosa eres, preciosa —murmuró, con voz anhelante.

A ella le dio frío y luego calor, sonrojada por el deseo. Antes de que pudiera pensar, él la levantó en sus brazos y la llevó a la habitación. Acostándola suavemente sobre la cama entre las desordenadas sábanas, se irguió y empezó a quitarse su playera morada. Su short color caqui y sus calzoncillos siguieron con un fluido movimiento. Se paró frente a ella en toda su gloria masculina.

Sus anchos hombros le tapaban a ella la vista del techo. Su ancho pecho musculoso invitaba a ser tocado, ser explorado. Sus fuertes muslos temblaban, como si se prepararan para correr en alguna competencia. Y entre sus piernas, entre los vellos negros y rizados, su pene se erguía como un sable de conquistador, enorme y exigente.

Cerrando los ojos, ella se sintió mareada repentinamente. ¿Estaba lista para esto? Ella había querido que él le revelara más de sus intimidades antes de que… de que…

Sus manos hicieron puños, agarrando las sábanas, aferrándose a su salud mental. Todo su cuerpo latía de deseo mezclado con necesidad. Se sentía como si la pasión hubiera prendido un fuego dentro de ella.

Acostándose junto a ella, buscó su boca con la de él, moviéndose sobre ella con la suavidad de una brisa de verano, rindiéndole homenaje con la lengua y los labios. Sus brazos la rodearon, y cubrió las nalgas de ella con las dos manos, atrayéndola hacia él.

Acurrucándose más pegada a él, ella saboreó la sensación de su cuerpo desnudo contra el de ella, piel contra piel, carne temblorosa contra carne temblorosa. Todas sus dudas se desvanecieron al tocarlo y acariciarlo, gozando las líneas masculinas y tersas de su cuerpo. Se sentían como destinados el uno para el otro. Más compenetrados que nadie en el mundo.

Sin perder un solo momento, los labios, la lengua y los dedos de él le recorrieron todo el cuerpo, dejando las huellas de sensaciones fuertes, excitándola hasta un nivel insoportable, haciéndola sentirse deseada y hermosa. Ella respondió con su propia exploración, su boca y sus dedos se movían tan rápido como los dedos de él, acariciando suavemente su cuerpo y su cara, disfrutando el placer que él le daba y deleitándose en un poder femenino que antes jamás había sentido.

Deslizando la mano de arriba a abajo sobre su pene, lo oyó gemir dentro de su boca, luego de meter su lengua profundamente en ella.

—Yo te deseo, Leticia. Te deseo más que nada en el mundo. ¿Me deseas?

—Más que nada en el mundo —repitió ella, mareada por el deseo. Su cuerpo entero, vibrando de deseo, se sentía como una liga a punto de romperse por tanto anhelo.

Soltándola, se deslizó hasta la orilla de la cama y se agachó. Mientras él buscaba entre su ropa, ella escuchó el ruido de plástico rompiéndose. No tuvo que mirar, porque ya sabía. Dándose cuenta de que él había estado preparado, no supo qué pensar de la premeditación.

¿O de verdad era premeditación?

Sí, era premeditado. Le había advertido desde el principio que la seduciría. Pero también había dicho que estaba dispuesto a esperar hasta que ella estuviera lista.

¿Estaba lista?

Mirando hacia abajo a su cuerpo desnudo, notó la hinchazón de sus senos, los pezones duros. Entre sus muslos, se sentía pesada y ardiente, caliente por el deseo.

Su cuerpo estaba listo. ¿Lo estaba ella también?

Recordando su amabilidad y su comprensión durante la noche anterior, la manera en que la había desvestido para meterla en la cama, la manera en que se había quedado, sosteniendo su mano hasta que se había quedado dormida, supo la respuesta. Jamás en su vida se había sentido tan amada ni tan protegida por un hombre.

Tragando el nudo que tenía en la garganta, ella extendió la mano para tocarle la espalda, recorriendo sus músculos esculpidos con los dedos. Ante su toque, él volteó hacia ella y levantó su muñeca hacia los labios para cubrirla con besitos sobre su piel sensible.

De repente, él se arrodilló ante ella. Suavemente, le separó las piernas y bajó la cara entre ellas. La besó ahí, en el lugar más íntimo de su ser, y peinó su vello púbico con los dedos, tan tiernamente como antes había desenredado su cabello.

Su lengua encontró su clítoris, y lo chupó hacia su boca. Un calor incandescente la invadió. Estrellas fugaces brotaban por todo su cuerpo. Ella perdió toda noción de la realidad, llevada por una marejada de puro placer, tan completo, que se sentía como si hubiera dejado su cuerpo y hubiera ascendido al cielo.

Arañando su espalda, ella arqueó las caderas fuera de todo control, hacia la calurosa adhesión de su boca.

La sensación aumentó en intensidad, creciendo, subiendo, volando, llevándola a un alivio tan exquisito que murió por un instante.

Fue embestida por temblores que la consumieron, tan intensos, tan increíblemente intensos que ella gritó su nombre, hablando incoherencias, suplicándole que la penetrara.

Él cambio su posición, y la invasión de placer y dolor de su pene penetrándola la lanzó de nuevo al vacío, fuera de control. Estaba atrapada en una tormenta de pasión tan fuerte, tan caliente, que gritó otra vez y enredó sus piernas alrededor de las caderas de él, incitándolo más para adentro.

Obedeciendo, él la penetró más profundamente, juntando sus cuerpos, metiendo su dureza masculina hasta el fondo. Ni un susurro de aire separaba sus cuerpos. Él la llenaba tanto que ella sentía que explotaría, pero el cuerpo de ella lo acomodaba, lubricada y lista. Se abrió y se expandió ante la fuerza de sus duras embestidas.

Deseando tenerlo más profundamente en ella y darle tanto placer como él le había dado a ella, cambió de posición, levantándose de la cama, aferrándose a él con las piernas. Él la sostuvo por las nalgas, lanzándose con una feroz intensidad hasta que tocó el cuello de su matriz. Ella se astilló en mil pequeños pedazos.

Ramón estalló también, en ese mismo segundo.

El cuerpo saciado de ella sintió los temblores que lo sacudían. Él gimió profundamente, acurrucándose contra la garganta de ella, abrazándola fuertemente, con la parte inferior de su cuerpo quieta, aunque estaba todavía profundamente dentro de ella. Una fina capa de sudor los cubría a los dos, a pesar del aire acondicionado que pasaba sobre sus cuerpos.

Levantándose sobre sus codos, la miró, con la sorpresa y el asombro claramente dibujados en las facciones de su hermosura tosca y masculina. Besándola ligeramente en la boca, murmuró:

—Fue aún mejor que lo que jamás hubiera soñado, más que lo que hubiera soñado. Ay, preciosa, eres maravillosa. Tan hermosa, y ardiente como un fuego —levantando una mano, acarició un mechón del cabello de ella—. Como un fuego del color de tu cabello.

Ella se sintió en la gloria al escuchar sus halagos. Llevada por su propio y ardiente deseo, había olvidado su timidez, y ni tuvo tiempo de dudar si podría darle placer a él. Y bien que logró darle placer a él.

Era obvio en las líneas del cuerpo de él, la gravedad de su voz, la expresión en su cara, la reverencia de sus caricias. Se sentía tan exquisito saberse deseada, que ella quería que el momento durara para siempre. Le habría gustado quedarse en cama todo el día, como si estuvieran de luna de miel, explorando cada aspecto del deseo que sentían el uno por el otro.

Demasiado pronto, él se dio la vuelta y se acostó al lado de ella sobre la cama. Su gran mano morena descansaba posesivamente sobre la cadera de ella.

—Olvidamos el desayuno. Ya está frío. Echado a perder. No podremos comerlo, y después de que traje la bandeja desde la cocina.

A ella se le desplomó el corazón ante sus palabras, y se le revolvió el estómago. ¿Cómo podía ser tan indiferente después de lo que acababa de pasar entre ellos? ¿Cómo podía pensar en la comida en un momento como éste? ¿Había sido una mera seducción para él?

Apartándose de él, ella se encogió como una bolita. Estaba cubierta de sudor frío, su estómago seguía revolviéndosele, y su corazón se apretaba con terror. Ella sabía que él tenía el poder para lastimarla, pero no se había dado cuenta de cuánto poder tenía. Cerrando los ojos, trató de borrar el dolor y olvidar sus palabras indiferentes e hirientes.

Hubo un ruido tras ella, y sintió que se levantaba la cama al no tener ya el peso de él. Desnudo y obviamente despreocupado, atravesó la recámara; su poderoso cuerpo masculino era tan elegantemente compacto como el primer día que ella lo había visto atravesando la plazuela en Acuña.

¿Cómo pudo haberse entregado a él tan fácilmente?, se preguntó con arrepentimiento. Por su atractivo sexual, se contestó amargamente. No debería haberlo dejado que la acompañara en el viaje. La había seducido como una sirena a un marinero, haciendo que se divirtiera, que bajara la guardia, que disfrutara su recién descubierta sensualidad, que probara los placeres del cuerpo.

Pero era un falso Rey Mago, llegando con regalos. Su admiración y su amable comprensión, incluso la manera en que la halagaba tan profusamente, habían sido falsas, diseñadas para encamarla. Ella estaba tan hambrienta de comprensión, tan deseosa de halagos. Halagos que ella había deseado escuchar durante años, probablemente desde la muerte de sus padres.

Idiota. Idiota, se decía sola en silencio, agarrando las sábanas con los puños cerrados y deseando poder morir para evitar la humillación de enfrentarse con él.

Ella debería haber hecho caso a su cabeza, no a su corazón. Si se hubiera limitado a salir con él, manteniéndose a distancia, en lugar de caer como una manzana madura entre sus brazos, él podría haber aprendido a quererla. En cambio, ahora ella era nada más otra conquista —se dio cuenta con rencor—, otro trofeo de caza para adornar su pared.

La puerta del baño se cerró tras él con un golpe fuerte.

Volteando boca arriba, subió la sábana sobre su desnudez y se quedó perfectamente quieta, mirando al techo. Si cerraba los ojos cuando él saliera, quizás pensaría que estaba dormida y se iría a su propio cuarto. Ella se vestiría rápidamente y pagaría su cuenta. Luego visitaría los otros lugares en camino a casa.

Y no volvería a tener nada que ver con Ramón Villarreal.

Ramón salió del baño, silbando otra vieja canción que Leticia probablemente no recordaría: "No Puedo Dejar de Mirarte". Era una canción cursi y probablemente ridícula, lo sabía, pero la letra era apta para describir sus sentimientos en esta gloriosa mañana que era sólo el comienzo del resto de su vida.

Por eso le gustaban tanto las canciones viejas. Si pensaba detenidamente, siempre había una que expresaba exactamente sus sentimientos en cualquier momento.

El cuarto estaba a oscuras, aparte de algunos rayos fuertes de luz que se veían bajo las pesadas cortinas. Mirando hacia la cama, vio a Leticia bajo las cobijas, obviamente dormida. La desilusión le apagó un poco el entusiasmo cuando se dio cuenta de que no lo estaba esperando. Debería estar más cansada de lo que él había pensado.

Viéndola tan tranquila, sintió que se le hinchaba el corazón con ternura, mezclada con un deseo arrollador de protegerla. Quizás ella podría tomar unas verdaderas vacaciones, pensó, o quizás consultar a un médico. Aunque su técnica en el amor fuera legendaria —sonrió para sí mismo—, jamás había esperado anestesiar a su amante.

Lo más caballeroso que podría hacer era dejarla dormir y regresar a su propia habitación. Por primera vez, sin embargo, no quería hacer lo más caballeroso. Quería quedarse con ella, velarle el sueño, y meterse de nuevo en la cama con ella.

No debería molestarla, sin embargo, si estaba tan fatigada. Nada más se sentaría al lado de la ventana hasta que despertara. La idea de la comida sobre la bandeja lo atrajo, y su estómago gruñó, pero esperaría hasta que ella despertara para comer juntos.

Sentándose en una silla al lado de la ventana, jugueteó con las cortinas, tratando de cerrarlas mejor para tapar la luz y dejarla descansar. Si el calor que penetraba la ventana era buena indicación, éste sería un día muy caluroso.

Observándola con su largo cabello metido bajo ella como el de una niña, se dio cuenta de que ella significaba mucho más para él que lo que quería admitir. Al principio, había pensado que la atracción era puramente física, y le había gustado su sinceridad, mezclada con su generosidad. Pero mientras desempeñaba el papel de caballero, permitiendo así que se desarrollara su relación, había llegado a admirar muchas cosas en ella.

Era fácil pensar en ella, pensó, y luego hizo una mueca de dolor. Otra letra de canción cursi, y ni siquiera empezaba a describir sus sentimientos hacia Leticia.

No estaba preparado para todo esto, se dijo firmemente. No estaba preparado en lo mínimo. La muerte de su único hijo, así como el consiguiente abandono de su esposa, lo habían lastimado profundamente. Además de eso, el enterarse de su padre biológico no le había inspirado mucha confianza en la raza humana.

Pero Leticia era diferente. De tener que describirla, tendría que decir que ella estaba hasta más necesitada que él. Los dos habían perdido a sus padres, pero ella había perdido a los suyos repentinamente y simultáneamente. Ella había tenido un matrimonio desastroso y él también. El fracaso del matrimonio de ella había dañado seriamente su confianza en sí misma, hasta hacerle dudar que fuera deseable.

Era una mujer muy hermosa y sensual. El espejo debería habérselo demostrado, si sólo confiara en lo que veían sus ojos. Su exmarido era un hijo de puta, pensó él sombríamente, atacando la autoestima de ella para tapar su propia deslealtad. A veces, como anoche, quería decirle lo que él sabía, esperando que la información la liberara, haciéndole darse cuenta de que el fracaso de su matrimonio no había sido por culpa de ella.

Él meneó la cabeza. No era su lugar. Sonaría demasiado a chisme, de decirlo él. No, nada más había dos personas en el mundo que deberían decírselo, y él dudaba que ninguno de los dos lo hiciera.

Además, él no sabía si enterarse de la deslealtad de su marido fuera realmente lo que ella necesitaba para seguir adelante. Nadie podía saber lo que otra persona realmente necesitaba, no obstante la intimidad que pudiera existir entre dos personas.

En su arrogancia, había creído saberlo alguna vez, y había fallado terriblemente. No quería volver a errar, no con alguien tan buena y tan linda como Leticia. Eran dos seres lastimados, encontrándose el uno al otro durante un rato, tomando la fuerza que al otro le fuera posible dar, y luego…

Sosteniendo su cabeza entre las manos, trató de detener sus pensamientos. No quería pensar en tener que separarse de ella. Era demasiado pronto, su relación demasiado nueva, demasiado fresca. Pero se separarían, y él sentía que la inevitabilidad de ello lo aplastaba. Llegaría el momento en que ella estaría feliz de abandonarlo, y seguiría su camino para encontrar al hombre adecuado.

Ese hombre sería un cabrón muy afortunado.

Él debió haberse quedado dormido sentado en la silla, porque se despertó sorprendido cuando Leticia preguntó:

—¿Sigues aquí?

Parpadeando y enderezándose, él trató de despertarse, esforzándose para concentrarse. Frotándose los ojos con los puños, admitió:

—No quise dejarte.

—¿No te importaría darme un poco de privacidad? —espetó ella, con tono frío, con inflexión áspera.

—¿Qué tienes, Leticia? —preguntó, confundido por el repentino cambio en ella. Defendiéndose, continuó—. Esperé porque quería comer contigo y pasar el resto del día juntos.

—Hmmmmm —bufó ella, medio levantándose y envolviéndose con una sábana, como toga. Prendió la lámpara de la mesa de noche, iluminando de nuevo el cuarto. Sus ojos felinos brillaban en la luz, echando chispas, con una expresión casi de fiera.

—Estoy sorprendida de que no hayas comido ya, dado que en lo único en que piensas es en la comida. Además, me dijiste que el desayuno estaba echado a perder —rezongó.

Perplejo por su repentina actitud, ofreció, apenado:

—Mentí —quitó la servilleta que la cubría y señaló hacia la comida—. Es un desayuno continental: fruta, pan dulce y cuernitos. El café está arruinado, pero el jugo de naranja debe de estar bien. Pensé que pudieras preferir algo ligero por lo que dijiste anoche. Nada más estaba bromeando antes.

—Bromeando, bromeando —regañó ella—. Si estabas bromeando, no fue un momento muy apropiado. Esperaba yo ser... pues ser abrazada... o algo... después de... —se encogió de hombros, luchando para admitir como se sentía—. No que me dijeras que había arruinado el desayuno.

Él se dio cuenta de inmediato. No había seguido la secuencia apropiada después de hacer el amor. A las mujeres les encantaba la euforia posterior, lo sabía, porque las hacía sentirse amadas. ¡Había echado a perder el momento!

—Leticia, perdóname si te lastimé —se levantó de la silla y se acercó a ella—. Siento muchísimo no haber hecho lo que esperabas. Por favor, perdóname.

Al acercarse él, ella se deslizó rápidamente hacia el otro lado de la cama, arrastrando la sábana tras ella como una capa. Aun así, él pudo vislumbrar fugazmente sus nalgas desnudas. La vista le aceleró él pulso.

Las próximas palabras de ella enfriaron su creciente pasión.

—No debería haber esperado más. Después de todo, tú me advertiste, dos veces. Nada serio, nada más la seducción y ya: esa fue tu meta. Ah, fuiste todo un caballero, y cumpliste tu promesa —se le quebró la voz, temblando por el dolor—. Fui una tonta en pesar que pudiera haber más…

No terminó, sino que corrió al baño, dando un portazo tras ella. Él escuchó el golpecito seco de la cerradura. Ese sonido lo hizo rabiar, al darse cuenta de que le había impedido el paso.

Así que ése era el problema. La había analizado bien aquel primer día en su oficina. Ella quería luz de luna y rosas, amor y para-siempre-felices. Pasarla bien no era suficiente para ella, restaurar su despedazada femineidad no había sido lo que ella pensaba que necesitaba. ¿Cómo podía alguien que había sido tan lastimada tan profundamente como ella, querer volver a repetir la misma escena? Él no lo acababa de comprender.

Agitando las manos en el aire, pidió al cuarto vacío que le diera sabiduría, y llegó a una conclusión final sobre las mujeres: su instinto de hacer nido era una poderosa motivación.

Pero ella no lo entendía, no lo conocía. Él no era materia para marido. Apenas le había dicho lo suficiente ese primer día para satisfacerla y para impedir que profundizara más.

Quizás fuera hora de decirle todo.

Después de todo, ella se había sincerado con él anoche, confesando sus secretos más dolorosos. Y por mucho que empezara a quererla, merecía saberlo. Jamás le había dicho a ningún ser viviente …todo. Dándose cuenta de lo reservado que había sido con sus dolorosos secretos, titubeó. Deteniéndose, apretó y soltó los puños y respiró hondo, tratando de armarse de valor.

Habiendo tomado su decisión, caminó hacia la puerta del baño, y tocó.

—Abre esta puerta, Leticia. Quiero hablar contigo.

—No. Vete —gritó ella.

—Si es necesario, romperé la puerta —gruñó, esperando convencerla con una muestra de fuerza—. Es importante, Leticia. Abre esta puerta —repitió con voz de autoridad.

Al otro lado de la puerta, Leticia estaba respirando profundamente, decidiendo qué hacer. Jamás había esperado que se volviera loco y que amenazara con romper la puerta. Si pudiera ganar un poco de tiempo, quizás él se calmara y se fuera.

Poniéndose frente a la puerta, llamó:

—Quiero bañarme, Ramón. Realmente no puedes negarme ese gusto. Regresa después y hablaremos.

—No. Te esperaré —fue su respuesta.

Suspirando, ella respondió:

—Está bien —dijo, internamente esperando que se cansara de esperar y se fuera.

Abrió las llaves del agua y tomó una larga ducha, enjabonándose todo el cuerpo, deseando limpiarse todos los indicios de haber hecho el amor con él. Al cerrar las llaves de la regadera, esperó que la llamara de nuevo, pero no escuchó nada. Esperando que ya se hubiera ido, se secó con la toalla y luego se secó el cabello con la secadora del hotel.

Con los nervios de punta, fue a la puerta y puso el oído contra la madera, escuchando a ver si oía algo de la habitación. Después de unos momentos, se relajó. Seguramente él se había cansado de esperar, pensó, justo como lo había calculado ella.

Canturreando una canción sin melodía, se tomó su tiempo, aplicándose el maquillaje y enrollando el cabello con rizadores calientes. Cuando terminó, se acercó de nuevo a la puerta y escuchó. La habitación estaba en silencio.

Feliz de que su estrategia hubiera funcionado, se revisó en el espejo una vez más y apretó más el cinturón de la bata. Quitó la llave a la puerta del baño y la abrió, topándose contra el pecho desnudo de Ramón.

Sorprendida y jadeando, se dio cuenta de que la había estado esperando quedándose perfectamente quieto. Repentinamente asustada por su extraño comportamiento, se retiró un paso, tratando de cerrar la puerta en su cara de nuevo. Pero la mano de él serpenteó, con la fuerza repentina de una víbora. Le agarró la muñeca, tirando de ella hacia la habitación.

Mirándolo despectivamente, trató de liberarse de sus manos, pero él no la soltaba.

—No soy una maleta para ser llevada a todas partes, Ramón —lo regañó duramente—. Déjame ir o regresaré al baño.

—No puedes quedarte en el baño para siempre. Nada más quiero hablar contigo.

—Entonces suéltame la muñeca.

—¿Me prometes escucharme?

—Sí.

Él le soltó la muñeca, pero la tomó por los hombros, guiándola hacia una silla al lado de la mesa cerca de la ventana.

—Siéntate y escucha.

Sentándose en una silla, tuvo cuidado de cubrir sus rodillas con la bata.

—¿Qué es lo que quieres decir, Ramón? No creo que quede mucho por discutir.

—Quiero hablarte de mí —admitió él—, para que comprendas y que no…

—Que no espere nada de ti aparte del sexo —terminó ella la frase por él, cruzándose de brazos.

Él agitó la cabeza, obviamente molesto por el tono beligerante de ella. A ella no le importó. Que se moleste, pensó, con aún más beligerancia.

Ella sintió los ojos color cacao de él observándola, como midiéndola. Volteó la cara, deseando permanecer sin ser afectada por el fuerte magnetismo de su mirada. Si esperaba que ella le iba a hacer fácil el camino, entonces iba a quedarse muy desilusionado.

—Desde el principio… Regresé de terminar la carrera de derecho para establecer mi despacho en el pueblo de Acuña. Mi madre había enviudado poco antes.

—Quieres decir que tu padre había muerto —lo corrigió.

—Así pensé en ese momento, pero espera a que termine. No fue tan sencilla la cosa.

La extraña respuesta respecto a la muerte de su padre le había picado la curiosidad, pero no lo volvió a interrumpir.

—Entonces regresé a casa, como buen hijo, para ayudar a mi madre. Mientras establecía mi despacho jurídico, conocí a una joven. No era originaria de Acuña, pues su familia era del Distrito Federal. Estaba en Acuña visitando a unos parientes, y empezamos a salir juntos, viéndonos todas las noches, sabiendo que teníamos poco tiempo antes de que ella regresara a casa. Podrías decir que tuvimos un noviazgo rapidísimo.

—¿Como yo con mi exmarido?

Él levantó la cabeza y una extraña luz iluminó sus ojos. Asintió con la cabeza.

—Como tu noviazgo.

—¿Luego? —insistió ella.

—Debería haber sabido que mi esposa no podría ser feliz en Acuña, pero yo era joven y arrogante, pensando sólo en mi mismo. Compramos un condominio y empezamos nuestra vida juntos, pero mi esposa estaba inquieta: —dijo, y deteniéndose como si estuviera ordenando sus pensamientos, siguió—: Pensé que un hijo la contentaría. Para ser franco, pensé que tener un hijo la ataría a mí. Pero yo también quería tener familia, y mucho. Y mi esposa insistía en que ella también lo quería.

Se detuvo de nuevo, mirando a la pared, como si estuviera hipnotizado por alguna escena fantasma volviendo a ser proyectada ahí, sobre la plana textura blanca de la pared.

—Quedó embarazada —agregó Leticia.

—Sí. Los dos estuvimos muy contentos, pasando la frontera a Del Río y tomando clases prenatales juntos. Compramos los muebles para el cuarto del bebé y la ropa infantil —hizo otra pausa, y sus ojos brillaron sospechosamente cuando susurró—: Fueron los momentos más felices de nuestro matrimonio.

A pesar de su resolución anterior, ella comprendía su dolor, sintiendo compasión por él. Extendiendo su mano, lo tocó en el hombro, y luego lo apretó, queriendo consolarlo.

El dolor tuvo que haber sido demasiado fuerte. Él se tapó la cara con las manos y confesó:

—Perdió al bebé durante el quinto mes. El doctor trató de consolarnos, diciéndonos que perder a un bebé durante el segundo trimestre significaba que algo andaba mal con la criatura. Que era lo mejor.

Al ver ella su agonía, sus manos se levantaron como si tuvieran voluntad propia, y se extendieron de nuevo hacia él para quitarle un mechón de cabello de sobre su frente.

Ella quiso decir algo para consolarlo, pero le faltaron las palabras. ¡Cómo deseó poder revelar lo que llevaba enterrado en el corazón, el amor que sentía por él! Si pudiera hacerlo, ¿se calmaría el espíritu atormentado de él? ¿O serviría sólo para alejarlo?

CAPÍTULO SIETE

Lentamente, como si despertara de un sueño, Ramón se destapó la cara y dejó caer los brazos a sus costados. Sus ojos nadaban entre las lágrimas que no brotaban. El corazón de Leticia se oprimió. No había nada que pudiera hacer, y se dio cuenta. Nada aparte de escucharlo como él la había escuchado la noche anterior.

Él no quería declaraciones eternas de amor, intuía ella, nada más comprensión. Originalmente, ella había pensado que podía ser catártico que se abrieran el uno con el otro, y ahora no estaba tan segura.

Frotándose lentamente la mandíbula, él parecía tratar de recobrar la compostura para continuar:

—Desde que mi...nuestro hijo murió, he leído mucho respecto al luto y como lo maneja la gente. Tengo un librero lleno de libros de autoayuda —admitió, encogiéndose de hombros—. Siendo un lector apasionado, me hundí en mis libros, buscando ahí la sabiduría.

—¿Te ayudaron?

—Un poco, por lo menos explicaban las varias etapas del luto y lo que se puede esperar. Me dijeron que la depresión después de perder a un hijo es la más devastadora, peor que la muerte de un esposo o de tus padres —mirándola, sus ojos estaban húmedos por la emoción—. Y no porque esté yo minimizando la pérdida de los padres. Yo sé cuánto duele eso también, pero perder a un niño es tan... inesperado. Siempre pensamos que nuestros hijos nos van a sobrevivir, que es lo que lo hace tan difícil.

—Comprenderlo no te quitó el dolor —ella resumió.

—No, no lo hizo, y usé los libros como un escape. Me encerré en mi estudio y me tuve mucha lástima. Porque me dolía mucho. No tuve nada que darle a mi esposa. Ella me necesitaba y yo le fallé —confesó con voz grave—. Como hoy en la mañana, cuando bromeé contigo cuando todo lo que querías era sentirte apreciada. Es como si no comprendiera a las mujeres y lo que necesitan. Como si yo…

—No lo digas —lo detuvo—. No aceptaré esa explicación, Ramón. No existen las verdades absolutas en este mundo. Puede ser que le hayas fallado a tu esposa, pues no estuve ahí, así que no puedo decir nada con certeza. Pero se necesitan dos personas para hacer o deshacer un matrimonio. ¿No es eso lo que me dijiste anoche?

—Me agarraste —sonrió él débilmente—. Parece que debería tomar mis propios consejos —observó en voz baja.

La noche anterior, Ramón había intentado hacerla ver las cosas con más claridad, hacerla admitir que su exmarido había desempeñado un papel, quizás el papel principal, en la desintegración de su matrimonio. Si sólo pudiera interiorizar esta nueva sabiduría y liberarse de su pasado. Pero Ramón necesitaba liberarse también.

—Intelectualmente, yo sabía que algo más le pasaba a mi esposa aparte de mi insuficiencia como marido. Aunque hubiera tratado de alcanzarla, quizás no hubiera funcionado de todos modos. Ella podría no haberlo deseado siquiera —suspiró—. Ella era muy inteligente, con una maestría en diseño y moda. Cuando me dejó, regresó al Distrito Federal para seguir una carrera en el mundo de la moda. Ha tenido mucho éxito.

—Dijiste que estaba muy inquieta desde el principio, que sabías que extrañaba la ciudad. Pudo haber sido inevitable que se fuera.

—Fue parte del todo —extendiendo las manos, él tomó las de ella, apretándolas como para dar énfasis a sus palabras—. Pero, ¿no lo comprendes? Yo debía haberme dado cuenta de que ella tenía aspiraciones antes de casarnos, antes de atarla a mí al grado de impedir que lograra sus ambiciosas metas. Una vez más, fui insensible y duro ante las necesidades de ella, pensando sólo en mi mismo.

—Ella pudo haber rechazado tu propuesta de matrimonio, o te pudo haber pedido que te mudaras. Estás aceptando toda la culpa otra vez —señaló ella.

—Quizás sí, pero mi egoísmo no me hace buena materia prima de marido.

He ahí el meollo de la cuestión, se dio cuenta ella, de su afán de no comprometerse. Se había convencido de que no podía darle a una esposa lo que ella necesitaba o deseaba, que era demasiado egoísta. Qué conveniente, pensó ella con amarga ironía. Al hacerse el mártir, no tenía que hacer el esfuerzo siquiera.

Nada era blanco y negro en el mundo, las personas o daban o no daban de sí mismos, basado en su capacidad. Si realmente amas a alguien, luchas para sobreponerte a tus limitaciones.

¿Era Ramón incapaz de amar? ¿Era eso lo que trataba de decir? De ser así, entonces ella lo había juzgado mal, pero no lo creía. No, el problema estaba en la cabeza de él, no en su corazón. Su amabilidad y su compasión no podían ser una fachada. Era demasiado real. Era capaz de amar, de eso estaba segura ella. Desafortunadamente, él se había convencido que no bastaba con eso. Se había convencido de que su amor era egocéntrico, indigno.

Él tenía miedo de volver a intentarlo, pensó ella con asombrosa claridad. Era más fácil ocultarse tras su autodeclarada insuficiencia. Ella comprendía sus temores y el poder que tenían sobre él. Era el mismo temor que había regido la vida de ella durante por lo menos dos años.

Soltando sus manos, él se levantó de su silla. Ella se preguntó si había terminado y si pensaba ya regresar a su cuarto. Pero había más, y ella lo sabía. ¿Qué tenía que ver la muerte de su padre? Su extraña referencia a ésta le picó aún más la curiosidad.

Estuvo a punto de preguntarle cuando él mismo declaró:

—Ahora lo que voy a decirte no está en el pasado. Es muy parte de mi presente. Me molesta mucho hablar del asunto —admitió—. Necesito moverme. ¿Te molesta que camine?

Preocupada por su extraña pregunta, logró decir:

—No, para nada. Adelante. Haz lo que te haga sentirte cómodo.

Asintiendo con la cabeza, él caminó alrededor del cuarto, con sus manos entrelazadas tras su espalda. Observándolo, ella sintió una descarga de tensión sexual, mirando su pecho desnudo. Se había puesto su short caqui, pero no la playera.

—Mi madre se enfermó un poco después de que me dejara mi esposa —volvió a empezar—. La llevé con los mejores médicos, pero no había esperanza, porque tenía cáncer terminal del colon. Mi madre no era muy afecta a consultar médicos —comentó, con una nota de desesperación en la voz—. Había estado enferma durante bastante tiempo, pero no se había quejado. Inundado con mi propia pena, no me había fijado en los cambios en ella, y cuando me di cuenta, lo acepté como cosa de su edad. Una vez más, no hice...

—Ni pienses en decirlo, Ramón —lo amonestó severamente—. No puedes tomar el peso del mundo sobre los hombros.

—Aun así, como sucedió tan rápidamente después de mis propias pérdidas, me consumí de culpabilidad, arrepentimiento y depresión. Cerré el despacho durante varias semanas y me la pasé borracho. No estoy orgulloso de ello, pero es lo que hice —inhalando más aire, confesó—: Hasta contemplé el suicidio dentro de mi borrachera.

—¡No! —respiró ella, horrorizada de que pudiera considerar dejarse vencer, sin querer seguir adelante para forjar un futuro mejor para sí mismo.

—No te he dicho todo —interrumpió rápidamente—. Ésta es la última parte, la parte que está siempre conmigo, que no me deja descansar —se detuvo, como si se armara de valor y atravesó al otro lado del cuarto a pasos acelerados. Volteó al llegar a la pared para volver a empezar, como tigre enjaulado—. A la hora de la muerte de mi madre, me dijo la verdad. Mi padre, el señor Villarreal, a quien debo el apellido, no es mi padre biológico. Yo soy hijo ilegítimo de Carlos Hernández.

Leticia jadeó.

—¿El padre de Mercedes?

—Sí, pero Mercedes no lo sabe. No veo razón alguna para decírselo, y además, le dolería. No tenemos más que una relación profesional.

—Pero, pero… —Leticia hablaba incoherentemente, sin poder absorber esta nueva información y hacerla tener sentido.

—Mi madre era de una familia humilde —continuó él diciendo, sin darse cuenta del asombro de ella—. La metieron al servicio doméstico a temprana edad. Entró a la casa de los Hernández como sirvienta. El joven heredero, Carlos, se sentía atraído por ella. Ella temía perder el empleo —parándose a medio paso, buscó los ojos de ella, como si necesitara la seguridad de su comprensión—. Era la costumbre del mundo de aquel entonces —dijo, encogiéndose de hombros—, no muy bonita, pero era la costumbre. Mi madre se sintió atrapada. Enviaba la mayor parte de su sueldo a casa para sus padres. Había ocho niños y ella era la mayor.

Y ella había pensado que su vida era toda una tragedia. Leticia meneó la cabeza, todavía sin poder asimilar totalmente la historia. Era como si su mente se hubiera cerrado, sin poder procesar más calamidades. Se preguntó cómo habría sobrevivido a tanto. Había tenido que sobreponerse a golpe tras golpe, que le habían pegado con cruel constancia, como para abatirlo psicológicamente y dejarlo hecho un desastre.

¿Era de extrañar que ya no creía en el amor y el compromiso?

Él le estaba partiendo el alma. Las lágrimas quemaban la parte más profunda de su garganta, y las tragó con dificultad. Levantándose, fue hacia él, acercándose desde atrás para rodear su cintura con sus brazos. Aferrándose a él, impidió que siguiera caminando furiosamente.

Volteando entre los brazos de ella, la miró con furia. Pero la mirada odiosa no era para ella, y ella lo reconoció. Era dirigida a su padre natural y lo que les había hecho a Ramón y a su madre.

—Él no se casó con mi madre cuando quedó embarazada —su voz era baja y llena de dolor—. Ella no era suficientemente buena para él. Le dio un poco de dinero y la despachó.

—Ay, Ramón, lo siento tanto, pero tanto.

—Silencio —le dijo en voz suave, pasando los dedos por sus labios—. Jamás le he dicho esto a otro ser humano, tanto lo de mi esposa, como lo de mi madre. Y ahora lo sabes. No quiero tu lástima. Eso si que no.

—Eso nunca —asintió.

—Los dos hemos sufrido —observó él—. Somos tal para cual, tú y yo, Leticia.

—Tal para cual —repitió ella, abrazándolo, mientras su corazón se hinchaba de amor por él, deseando absorber en ella la angustia de él para sanarlo, para borrar su pasado atormentado.

—Bésame —le ordenó, levantando el mentón de ella con los dedos—. Eres lo único real que he tenido en mi vida desde… desde… —no terminó, cubriendo la boca de ella con la suya.

Aferrándose a él, su cuerpo respondió instantáneamente a su beso. Además de sus propios deseos, ella quería ayudarlo, darle un respiro de su dolor, un alivio momentáneo del pasado angustioso que obstaculizaba su camino. Pero una parte de ella se resistía, reconociendo la profundidad de la tragedia que él había enfrentado. Se dio cuenta de lo difícil que sería retener su confianza, hacerlo desear el amor en su vida una vez más.

Era una tarea formidable, admitió ella, aun mientras su cuerpo se derretía contra el cuerpo de él. Aun mientras las manos de él le quitaban la bata para cargarla a la cama. Aun mientras la penetraba, uniéndose irrevocablemente.

Leticia estaba acostada calladamente entre las sábanas enredadas. La cama olía a sexo, un fuerte recuerdo almizclado de su amor febril. Se habían quedado en la cama todo el día, explorando el lado físico de su relación casi de manera desesperada, como si al quedarse en cama, pudieran ahuyentar sus pasados.

Habían devorado el desayuno continental para luego regresar a la cama. Se habían levantado de nuevo para pedir una comida tardía del servicio a cuartos. Después de eso se habían bañado juntos y sensualmente en la tina jacuzzi. Aunque los dos admitieran que estaban doloridos, eso no les había impedido desearse recíprocamente de nuevo.

Ahora había anochecido, y Ramón se había quedado dormido, roncando suavemente. Sonriendo para sí misma, ella gozaba el hecho de tener algo con que burlarse de él. Cuando se lo dijera, estaría convencido de que sonaba como el paso de un ferrocarril de carga.

Después de lo que le había contado hoy, ya podía comprender las bromas constantes de Ramón, y su sangre ligera y actitud divertida hacia la vida. No porque no fuera diligente en el trabajo, porque ella sabía que lo era. Pero también le gustaba jugar mucho, y ella podía comprender la razón.

¿Qué es lo que había dicho respecto a su padre? ¿Que era parte de su vida actual? Ella se quedó pensando en esa declaración. ¿Cómo podía ser? Era buena amiga de Mercedes, y según él mismo había confesado, su amiga no sabía de la existencia de un medio hermano. Hernández no había reconocido a Ramón como hijo. ¿Qué habían significado las palabras de Ramón? Quería preguntarle, pero ya habían abierto suficientes viejas heridas por el día de hoy. Él se lo contaría, de ser importante, en su momento.

Mirando hacia el blanco techo genérico de la habitación del hotel, pensó en su propia relación con Mercedes. Ramón no quería que su hermana supiera la verdad, y Leticia respetaría sus deseos. Tendría que guardar mucha precaución alrededor de Mercedes, sin dejar jamás que se le saliera nada. Era un poderoso secreto.

Inquieta, se movía en la cama. Aunque afuera estuviera oscuro, todavía era relativamente temprano. Mirando el reloj, vio que ya eran las nueve de la noche. Ella no sabía si podría quedarse dormida tan temprano, especialmente después de pasar todo el día en la cama.

Quizás debería sacar el libro que había traído y que no había tenido tiempo para leer. Necesitaba algo para ocupar la mente. Bajando sus piernas por sobre la orilla de la cama, trató de levantarse sin mover la cama, sin querer molestarlo.

Atravesó el cuarto desnuda y no se molestó en ponerse la bata. Habiéndose explorado completamente el uno al otro, no había secretos entre ellos. Ramón pensaba que era hermosa. Sus palabras y su toque la habían convencido de ello. Curiosamente, la idea le daba una sensación de libertad. Le gustaba andar desnuda por el cuarto, disfrutando su recientemente descubierta sensualidad, saboreando ser deseada como mujer.

Buscó su maleta que estaba en el rincón y se agachó para hurgar en la bolsita, donde encontró el libro de pasta suave que había traído. Volteando, atravesó el cuarto por donde había venido. Al llegar a la cama, aún en la semioscuridad, lo vio observándola con ojos llenos de travesura y la mirada familiar de deseo ardiente.

Sonriéndole, él levantó perezosamente la mano para trazar un círculo alrededor de uno de los pezones de ella.

—Da bastante buen espectáculo, señorita Rodríguez —dijo, levantando la ceja en dirección a ella, mientras sus dedos se extendían por su seno—. Iba a invitarte a nadar y a cenar más tarde, pero me has dado otras ideas —levantando los brazos, le ordenó con voz ronca—: Ven acá.

Temblando tanto por la sensación de su mano sobre ella como por la intención en su voz, con gusto se acercó a él. Él la envolvió en un abrazo, enredando las piernas de ella con las suyas. Acurrucándose entre sus brazos, ella se deleitó ante la sensación de aquel pecho duro como una piedra presionado contra sus sensibles y excitados senos. Abrazándolo fuerte, temblaba, y su deseo aumentaba lentamente, en espera de volver a viajar al paraíso.

Leticia prendió la televisión y atravesó su sala. Schultzy se bajó del sillón de un brinco y la siguió, cerca de sus talones. Ella andaba sin rumbo, revisando sus plantas para ver si necesitaban regarse. No necesitaban agua, y ella lo sabía, porque las había regado el día anterior.

Hacía tres semanas desde que había regresado del viaje a Austin, y nada más había visto a Ramón dos veces desde entonces. Cuando había mencionado que estaría ocupado con la campaña política al regresar, no había exagerado. Prácticamente había cerrado su despacho jurídico para viajar por todo el norte de México con su candidato, Joaquín Cárdenas.

Ella lo extrañaba terriblemente, mucho más que lo que habría creído posible. En las noches al regresar a su casa vacía, vacía con excepción de su leal perro salchicha, no podría concentrarse en nada. Le costaba trabajo relajarse con la televisión o con un libro.

Era toda una tarea comer, también. Nada le sabía bien. No podía dejar de pensar en los maravillosos restaurantes en Austin, pero no tenía nada que ver con la comida. Quería estar con Ramón, compartir las comidas con él. Y no era lo único que quería.

Su ausencia había sido fortuita de cierto modo, trataba de convencerse mientras iba a la puerta del patio trasero para mirar hacia la noche tan silenciosa. Había tenido bastante tiempo para preparar su tienda para la enorme venta de liquidación de todas las existencias. En el periódico local había comprado un anuncio de una hoja completa, que empezaba hoy, anunciando su gran barata.

La venta seguiría durante todo el fin de semana, y pensaba vender todo el viejo inventario, aunque tuviera que venderlo por debajo del costo original. La liquidación y los ingresos de la misma le darían un poco de capital para prepararse para la nueva inauguración en grande. Las antigüedades que había comprado estaban cuidadosamente almacenadas. Sus pedidos de muebles provenientes de la región montañosa deberían llegar la próxima semana. Tenía bastante que hacer, y lograba mantenerse ocupada durante el día, pero las noches eran pura tortura.

Schultzy la acariciaba detrás de la rodilla con la nariz, dándole una idea. Quizás debiera llevarlo a pasear. Aunque tuviera un enorme jardín, al curioso perro salchicha le fascinaba andar por la vecindad. El ejercicio podría lograr calmarla, aunque lo dudaba, porque ni el ejercicio que hacía en el gimnasio podía agotar su energía nerviosa.

Quizás debiera quedarse tarde mañana por la noche después de la venta para trabajar en los papeles de APA. Estaba atrasada en el papeleo del voluntariado porque odiaba quedarse muy tarde en la mueblería. Ramón normalmente la llamaba después de las ocho, pero eso era lo único que sabía ella con certidumbre. A veces llamaba temprano, a las ocho y media, pero otras veces llamaba tan tarde como la una de la madrugada, dependiendo de sus compromisos en la campaña.

Mirando hacia el reloj, vio que ya eran las ocho. No sabía si debería arriesgarse sacando a pasear a Schultzy, pensando que él llamaría más tarde. ¿Debería quedarse a esperar? La máquina contestaría, pero no importaba. Ella quería hablar con él.

Apretando los dientes y haciendo puños, decidió que odiaba esto de un romance a larga distancia. Estaría feliz cuando se acabara la campaña. Lástima que no sería sino dentro de tres meses.

Sonó el teléfono, interrumpiendo su indecisión. Se le levantaron los ánimos al agarrar el auricular de la pared de la cocina. Era Ramón. Se saludaron como de costumbre, pero había mucha interferencia en la línea y mucho ruido de fondo.

Casi gritando al teléfono, preguntó:

—Ramón, ¿me escuchas? Apenas te puedo oír.

—Yo te escucho bien. Creo que el problema está por mi lado. Estoy en un salón de banquetes en un teléfono público —gritó él—. No tengo mucho tiempo.

—¿No puedes hablar? —preguntó con el corazón desplomado.

—Hoy no, preciosa. Acabamos de terminar una cena para recaudación de fondos, pero tenemos que salir rumbo a otro pueblo. A Joaquín lo esperan en un desayuno benéfico mañana a las siete —explicó—. No llegaremos hoy hasta muy tarde. No quise llamarte tan noche. Sabía que tu venta de liquidación empieza mañana.

Al demonio con la venta, pensó. Había querido disfrutar una plática tranquila con él hoy. Realmente, le había urgido hablar con él, esperando que él la tranquilizara un poco en cuanto a su relación. Parecía estar tan lejos, y sus llamadas parecía ser más cortas cada noche.

Se le ocurrió una idea horrible. Ramón era un hombre sensual, con mucha vitalidad. ¿Y si…?

Ella meneó la cabeza, rechazando las dudas. Ella no pensaría en eso. Además él le había mostrado su itinerario. Necesitaba la fuerza de un toro nada más para lograr pasar cada día. Sin querer, el día que habían pasado juntos en su habitación de hotel le vino a la mente. Él tenía la fuerza de un toro, y más.

¡Carajo! Se maldijo a sí misma. No iba a permitir que sus inseguridades rigieran su mente. Era porque habían estado separados durante tanto tiempo por lo que se sentía así.

La voz de él le insistió:

—Leticia, ¿sigues ahí? ¿Me escuchas? Mira, no puedo hablar mucho más. La limosina tiene que salir en dos minutos.

—Todavía estoy aquí —dijo, levantando el volumen de su voz—. ¿Puedo hacerte una sola pregunta?

—Por supuesto.

—¿Cuándo volverás a estar en casa?

Él no respondió inmediatamente, pero ella pudo oír el movimiento de papeles contra el auricular. El ruido de fondo había bajado, así que el salón de banquetes debería haberse vaciado. Probablemente estuviera consultando su itinerario.

Se le encogió un poco el corazón. Si ella hubiera sido la que viajaba, sabría exactamente cuándo tocaba el próximo descanso y estaría contando los días para volver a verlo. Pero él no era como ella, de eso se había dado cuenta. Estaba tan involucrado en la campaña, que ni siquiera sabía cuándo le tocaría el próximo descanso.

—Oye, buena noticia. Tengo un descanso a mediados de la semana que entra —por fin respondió. Sin el ruido de fondo, la interferencia la molestaba aún más.

Conteniendo la respiración, preguntó:

—Espero que no sea el martes.

Aunque fuera el martes, eso no le impediría verlo. Había planeado ir a cenar con Mercedes esa noche para discutir los asuntos de APA, pero lo cancelaría si venía Ramón.

—¿Tienes una cita caliente el martes? —bromeó él.

—Claro, con Mercedes para discutir los asuntos de APA.

—Ah —hizo una pausa. Después de haber revelado su secreto, ya no le gustaba hablar de su media hermana. Ella había aceptado su renuencia, suponiendo que era una reacción natural—. No, no será el martes. Probablemente llegaré el miércoles y posiblemente no hasta el jueves.

—¿Quieres decir que puedo tenerte hasta dos días completos? —no pudo ocultar la aspereza en su voz.

—A lo mejor —o no había escuchado el tono de voz de ella, o quiso pasarlo por alto—. Voy a intentar sacar dos días, pero el miércoles es seguro.

—Estaré esperando.

—Mira, Leticia, me tengo que ir, ya que el conductor me está haciendo señales desesperadas. Te llamaré mañana por la noche.

—Llámame después de las diez, porque me voy a quedar tarde en la tienda.

—Está bien. Adiós.

Antes de que ella pudiera responder para despedirse, él colgó y se cortó la llamada. Mirando hacia el auricular, ella se quedó pensando: *¿Por qué siento todos estos presentimientos? ¿Están regresando todas mis viejas inseguridades?*

Esperaba que no, porque Ramón la quería. De eso estaba segura ella, aunque él no hubiera dicho las palabras. Sacudiendo su mal humor, trató de convencerse de que debería estar feliz. Lo vería dentro de una semana.

Leticia observó a Mercedes jugueteando con la copa de fruta que había pedido de postre. Tomaba pequeños bocados, sin terminar la fruta, y dejaba pedacitos a medio comer sobre su plato. Por algo inexplicable, esta falta de educación estaba molestando muchísimo a Leticia.

Habían revisado los papeles para APA. No debería sentirse molesta con su amiga. Debería estar agradecida por su ayuda.

Al levantar la mirada, encontró a Mercedes mirando alrededor del club, con un brillo depredador en los ojos. Era la noche del martes y casi las nueve de la noche. No quedaba mucha gente, sólo unas cuantas parejas y dos golfistas en la cantina. Mercedes había estado así toda la noche, analizando a otros clientes como si estuviera esperando a alguien en secreto… preferiblemente a alguien del género masculino.

Leticia se detuvo de nuevo. ¿De dónde le salían tantos pensamientos tan poco generosos? Probablemente porque sentía que tenía razón respecto a su amiga, se dio cuenta repentinamente. Antes, cuando se había retirado dentro de su concha después de su desastroso matrimonio, había sido inmune a las corrientes sexuales. Ramón, como decía el viejo cuento de hadas, la había despertado con un solo beso. Ahora podía palpar la tensión sexual a varios kilómetros.

Mercedes casi rezumaba esa tensión. Y a Leticia le repugnaba. Después de todo, su amiga era una mujer casada. No debería estar ligando. Leticia sabía cuánto extrañaba Mercedes a su marido, Luis, quien viajaba dos terceras partes del año por sus negocios. Dado su propio romance a larga distancia con Ramón, ella bien que comprendía la soledad y vacío. Pero por muy sola o vacía que pudiera estar, jamás podría buscar un simple sustituto de una noche.

La idea la horrorizaba, y la sacó de la mente, rechazando sus sospechas. Mercedes no era así, se aseguraba internamente; su amiga nada más estaba urgida de un poco de atención. Eso era todo.

Extendiendo la mano sobre la mesa, apretó los dedos delgados de su amiga.

—Gracias por todo tu arduo trabajo, Mercedes. No sé que haría sin ti.

Volteando hacia ella, Mercedes le dirigió una mirada vacía al principio, y tardó unos momentos para enfocarse en Leticia. Luego dijo:

—Ya era hora de que entendieras cuán importante soy yo. No habría ninguna APA sin mí.

Leticia hizo una mueca de dolor ante la declaración tan dura, pero apretó los dientes, decidiendo darle a su amiga el beneficio de la duda:

—Tienes razón, Mercedes, no lo hubiera podido haber hecho sin ti.

—Espero que esto signifique que dejarás de esquivar mis llamadas e invitaciones a cenar.

—Tú sabes que me gusta cenar contigo. Nada más que siempre estoy muy ocupada.

—No tan ocupada que no puedes ir a cenar con un cierto alguien —entrecerrando los ojos, Mercedes contestó—. Me debes por eso también —bufó—. Después de todo, yo soy la que te lo presenté.

Así que Mercedes sabía que estaba saliendo con Ramón.

Antes de que Leticia pudiera organizar sus pensamientos para decidir cómo responder, Mercedes preguntó:

—¿Es tan sensual Ramón en la cama como me imagino?

Leticia se quedó boquiabierta. Los pensamientos giraron por su cabeza, pero no podía formar una respuesta coherente. ¿Cómo decía su amiga, Jennifer? ¿Que la podrían haber tumbado con una pluma?

Así era exactamente como se sentía, escandalizada por la pregunta tan íntima de Mercedes. Quizás no estuviera tan asombrada de no haber sabido... Sin saberlo, Mercedes quería que comentara sobre las habilidades sexuales de su medio hermano. La idea le repugnó a Leticia, aunque reconociera que realmente no era justo. Después de todo, Mercedes no sabía que Ramón era su medio hermano.

Mercedes meneó la mano.

—No te escandalices. No tienes que contestar si no quieres. Con simplemente ver tu cara ya contestaste.

—Por favor, Mercedes, no sé qué decir.

—Entonces no digas nada. Si yo fuera tú, no me encariñaría mucho. Por muy bueno que sea en la cama.

—¿Qué quieres decir con eso? —dijo Leticia, sonrojándose.

—¿Cuánto tardó en divorciarse?

—Creo que me dijo que cuatro años. Pero no veo que tiene que...

—No quiere ataduras —interrumpió Mercedes—. Por eso tardó tanto en sacar el divorcio. De esa manera no era libre para volver a comprometerse.

Respirando profundamente, Leticia luchó contra su creciente enojo. Sabía que Mercedes tenía razón, que Ramón no quería ataduras, pero no le gustaba que nadie se lo recordara.

—Y otra cosa —continuó—. Conozco a ese tipo de hombre. Está consumido por la ambición, tanto profesional como política. Jamás se dará tiempo para una familia. Su exesposa fue inteligente al dejarlo cuando lo hizo —miró directamente a Leticia—. ¿Cómo lo sé? Porque mi padre y mi marido son exactamente el mismo tipo de hombre.

Apretando los puños sobre su regazo, Leticia se preguntó cuánto más de esto podría soportar. Mercedes y ella habían sido amigas durante mucho tiempo, y ella le debía mucho por las largas horas que había donado a APA. Sin embargo, eso no le daba el derecho de dictar sobre la vida sentimental de Leticia.

—Pensé que Ramón te caía bien —dijo Leticia ligeramente.

—Por supuesto que me cae bien. Y también es muy buen abogado, tiene muchos contactos. Demasiados contactos —musitó, casi para sí misma—. Por eso te envié con él. Pero no quería que te involucraras con él.

—Son cosas que suceden en la vida. Estoy grandecita. Yo me puedo cuidar sola.

—Eso es lo que pensé también —Mercedes levantó la cabeza y llamó al mesero para que le trajera otro martini—. Debería haber pensado más, debería haberme dado cuenta de que me casaba con una copia al carbón de mi padre. Pero estaba demasiado cegada por el amor. No te ciegues, Leticia. Te arrepentirás cuando te encuentres sola todo el tiempo. ¿Dónde está Ramón hoy? ¿En la campaña?

—Sí. ¿Cómo supiste?

Llegó un nuevo martini, y Mercedes agradeció al mesero. Agarrando el palillo con sus dedos, agitó la aceituna en la copa.

—Porque el candidato de Ramón, un tal Joaquín algo, está haciendo campaña en contra de mi padre. Están totalmente consumidos por la política. Luis es igual, nada más con otra compulsión: los negocios. Por eso se llevan tan bien mi padre y él. Luis viaja por el mundo, cuidando el negocio de mi padre para que papi pueda concentrarse en su amada política —declaró, metiendo la aceituna en la boca—. Es lo que hace tan solitarias tantas de mis noches — agregó, mirando de reojo a Leticia—. Como me imagino que ya estás enterada.

Leticia tenía la extrañísima compulsión de taparse los oídos con las manos. Su cabeza estaba girando en círculos, y no quería escuchar más. Había presentido que su amiga era infeliz en su vida personal, pero jamás se había imaginado la profundidad de su amargura.

No ayudaba que Mercedes estuviera haciendo una fuerte analogía entre los hombres de su vida y Ramón. Sin que ella lo supiera, Ramón era el hijo de su padre. ¿Era sorprendente que tuvieran el mismo tipo de impulsos y ambiciones?

No podía sino sentir un poco de resentimiento hacia Mercedes y su rica y altanera familia. Después de todo, el que el padre de Mercedes hubiera abandonado a Ramón había ayudado a formarlo, para bien o para mal.

¿Qué es lo que había dicho Ramón, aquel día en la habitación del hotel, respecto a que su padre todavía era parte de su vida cotidiana? Se había preguntado a sí misma sobre el significado de eso, y había decidido no insistir más en el tema, deseando que él le dijera todo en sus propias palabras. Ahora tenía una idea más clara de lo que significaba, y le estaba molestando.

—Dado que Ramón está oponiéndose a tu padre políticamente, ¿no es difícil seguir como amigos? —se atrevió a preguntar Leticia, esperando que Mercedes pudiera revelarle algo respecto a las ambiciones políticas de Ramón.

Su amiga siguió tomando su martini.

—¿Por qué ha de ser difícil? Ramón ha estado en el lado opuesto durante mucho tiempo —se encogió de hombros—. Ha manejado a candidato tras candidato, tratando de restar el poder de papi en la localidad, pero no le ha funcionado. Mi padre tiene una fuerte base de poder aquí. Nacionalmente —hizo una pausa para considerarlo—, podría ser una competencia interesante. La facción más madura y conservadora del PRI, representada por mi padre, contra el joven candidato progresista de Ramón.

—¿Y no te importa quién gane?

—¿Por qué me ha de importar? Papi seguirá en la política, gane o pierda. Luis continuará viajando. Los hombres hacen lo que tienen que hacer para sentirse poderosos e importantes. Gane quien gane, yo escojo mis propios colegas, aunque no sean grandes amigos de mi padre. Y es sólo una de las libertades que tengo en este pueblo de mala muerte.

Leticia pensó en esta nueva información. Según Mercedes, Ramón había estado oponiéndose a su padre dentro de la política durante mucho tiempo. Leticia muchas veces se había preguntado por qué se había metido Ramón en la política, pero nunca le había preguntado a él. Ahora no tendría que preguntar, porque ya sabía la respuesta. Y no le gustaba lo que había descubierto.

Mercedes terminó su martini y colocó la mano sobre el brazo de Leticia.

—¿Quieres otra copa? Si no, vamos a pagar la cuenta. Ya estoy lista para irme. Siempre está muerto este lugar las noches de los martes.

Disimulando, Leticia pidió:

—Vamos a tomar una última copa para platicar. Jamás tenemos tiempo para platicar.

Una extraña expresión se formó en los ojos de su amiga ante su petición, como un brillo de algo, pero luego desapareció.

—Está bien, tomaremos una copa más, pero entonces me convierto en calabaza, ¿eh?

Llamó al mesero e indicó que trajera una tanda más.

—Así que tu padre ama a la política —murmuró Leticia, esperando que sus palabras animaran a su amiga a hablar más.

—El amor podría ser una palabra demasiado débil —observó cínicamente—. Mi madre decía que la razón que tuvieron para tener un solo hijo era porque papi pasaba tanto tiempo fuera de casa, haciendo favores políticos. Es una franca compulsión de su parte. La política es más importante que su familia y todo lo demás.

—Y crees que Ramón es astilla de la misma madera —sabía que estaba pisando un terreno muy peligrosamente cerca de la verdad, pero tenía que entender bien las cosas antes en enfrentarse con él.

Llegaron sus copas, y las dos tomaron sorbitos.

—Yo creo que tu Ramón tiene las mismas compulsiones que mi padre. No porque tenga eso algo de malo. El apasionamiento y la ambición son cualidades admirables en un hombre. Pero no lo hacen candidato para ser buen marido —extendiendo la mano sobre la mesa, le dio una palmadita al brazo de Leticia otra vez—. Lo que estoy tratando de decir es que no esperes poder hacer una vida de cuento de hadas con Ramón.

—¿Y qué de tener una aventura con él? —Leticia no resistió las ganas de preguntarle.

—Lo cual nos regresa a mi pregunta original —Mercedes miró traviesamente en dirección a ella y le apretó el brazo.

Ella volvió a sonrojarse, sintiendo el calor que subía desde su cuello hasta la cara. A veces quisiera ser menos transparente. Meneando la cabeza, dijo:

—Nunca te voy a decir.

—Entonces, tiene que ser bueno. Lo había sospechado.

Faltándole algunas preguntas por hacer, Leticia tomó un sorbito de su copa y observó:

—Quizás Ramón se dedicó a la política para olvidarse de su fracasado matrimonio. Yo podría comprender esa reacción. Yo hice lo mismo, nada más que con APA.

—Puede que tengas razón —asintió Mercedes—. Fue justo la temporada en que comenzó él, después de abandonarlo su esposa y cuando murió su madre —tragó la mitad de su copa—. Pero ya es adicto. Sería difícil dejarlo ahora.

—Lo sé, Mercedes —respondió Leticia—. Trataré de ser precavida. No quiero volver a ser lastimada. Gracias por advertirme.

Su amiga asintió con la cabeza y comió su aceituna.

Aún diciendo las palabras que su amiga quería escuchar, sus pensamientos corrieron hacia adelante, analizando las cosas. El dolor no había sido la motivación de Ramón para meterse en la política cuando lo hizo. Se había enterado de su padre natural cuando había estado muriendo su madre. Después de entonces, se había involucrado en la política, pero siempre del lado opuesto, el lado opuesto a su padre.

Su motivo había sido la venganza. La venganza seguía siendo su motivo. Era más claro que el agua. Con tanto odio en el corazón ¿habría espacio para el amor? ¿Debería ella confrontarlo con lo que sabía? Y si lo hacía, ¿cambiaría algo? ¿La escucharía él, o le diría que no se metiera en lo que no le importaba?

Al levantar su copa a sus labios, se le resbaló y por poco se le cae. Le sudaban las manos. Intuía la gran importancia de la venganza de Ramón, y temía que era lo que regía su corazón. Si no podía dejar el pasado en el pasado, no había esperanza alguna para un futuro, se dio cuenta ella. Y no habría esperanza alguna para su relación.

CAPÍTULO OCHO

—Jennifer, por favor, hoy no —Leticia estaba casi suplicando—. Cualquier otra noche aparte de hoy, y tú sabes que no me importaría…

—Lo sé, Leticia, y si pudiera hacer otra cosa, no te habría llamado —interrumpió Jennifer—. Mira, he llamado a todo el mundo. Mi madre está de viaje y las dos nanas que uso tienen otros compromisos. Llamé a algunas amigas pero nadie estaba en casa. Por favor, Leticia, tienes que ayudarme —su voz bajó a un susurro por el teléfono—. Puedo perder mi trabajo si no me quedo hoy a trabajar.

Leticia no supo que decir. Ramón venía a cenar dentro de una hora. No lo había visto en más de dos semanas. Había tenido planes para la noche, y sus planes no incluían el cuidado de sus dos ahijados, Dustin y Carly.

—¿Sabes cuánto te tardarás? —preguntó Leticia.

Su amiga suspiró al teléfono, admitiendo:

—No te voy a mentir, probablemente muy tarde. Con esto de la venta de la compañía, la oficina está volteada de cabeza, y el plazo se vence mañana al mediodía. Quizás tenga que trabajar toda la noche.

—Ay, Jennifer, no creo…

—Mira, yo llevaré hamburguesas para los niños —interrumpió, con desesperación en su voz—. Dijiste que ustedes iban a asar bistecs, así que nada más agrega unas hamburguesas, ¿sí? Y se acuestan a las nueve. Yo les diré que tienen que acostarse a las nueve. Sin excepciones. Nada más acuéstalos en tu cuarto de visitas y deja que Schultzy duerma con ellos. Los hará felices. Y luego tú y Ramón tendrán el resto de la noche para ustedes solos. ¿Sí? Por favor.

Aún titubeando, Leticia se sentía como una absoluta ogra egocéntrica durante toda la plática. Recordando los días cuando Jennifer y sus hijos habían vivido con ella, sabía por experiencia lo difícil que era hacer que se acostaran, especialmente durante el verano cuando los días eran largos, como ahora.

Luego estaban las frecuentes idas al baño, las repetidas peticiones de vasos de agua u otro cuento de hadas. Y si alguno de ellos se levantaba en la noche, ¿y encontraba a Ramón en la cama con ella? Y ella quería que pasara la noche con ella, lo deseaba mucho. Pero si sus ahijados se quedaban a dormir, pensó que no sería muy propio.

¿Qué pensaría Ramón? Después de no verla durante varias semanas, probablemente no estaría muy contento de tener que compartirla con niños de ocho y seis años, y mucho menos ayudarla a cuidarlos. ¿O lo haría?

—Leticia —insistió Jennifer—, tengo que…

—Está bien. Lo haré —se dio por vencida, sin poderse resistir ante las circunstancias tan desesperadas de su amiga y sabiendo que Jennifer haría el mismo sacrificio por ella, si sus papeles se cambiaran.

—Que Dios te bendiga, Leticia. No lo olvidaré —suspiró en el teléfono como si le quitaran un gran peso de encima—. Por favor, ofrécele una disculpa a Ramón de parte mía. Estaremos ahí dentro de treinta minutos. Nos veremos entonces.

—Está bien, pero no olvides las hamburguesas. No tengo otra cosa en casa que pudiera gustarles, aparte de un poco de crema de cacahuate con moho.

—No te preocupes. Yo llevaré la comida. Chao.

Sonó el timbre de la puerta y brincó el corazón de Leticia, golpeando contra sus costillas por la emoción. Corriendo al espejo de la entrada, rápidamente revisó su maquillaje y su peinado, alisando el delantal sobre su short. Quizás se debiera quitar el delantal para abrir la puerta, pensó.

Antes de poder decidir, volvió a sonar el timbre. Una sonrisa se extendió por su cara. Él estaba tan impaciente como ella. Era buena señal. Quizás la noche no resultara un absoluto desastre, a pesar de todo.

Al abrir la puerta, encontró a Ramón, con la ansiedad marcada en sus facciones, y en sus manos una larga caja blanca. Se pararon ahí durante un momento, justo en la entrada, mirándose el uno al otro, como hambrientos ante una gran mesa de bufé.

Leticia no pudo esperar más. Con un pequeño grito, se lanzó a sus brazos. A pesar de la voluminosa caja, él la abrazó y se rió, apretándola estrechamente y besándola fuertemente en la boca.

Después de unos cuantos segundos, la soltó y le ofreció la caja.

—Son para ti. El color me recordó tus labios —su mirada descansó sobre la boca de ella, como si no hubieran estado besándose justo antes, con el brillo del deseo en sus ojos. Atrayéndola hacía sí de nuevo, susurró en su oído—: No sé si puedo esperar hasta que terminemos de cenar.

Justo en ese momento Dustin y Carly corrieron a la entrada. Rubios y gorditos, los dos se veían adorables, a pesar de estar manchados con la tierra de su jardín trasero.

Ramón soltó un jadeo y tartamudeó:

—Este… hola…este…¿Y a quiénes tenemos aquí? —dijo, echándole una mirada que habría parado en seco al mismito Atila.

Leticia no podía recordar ninguna ocasión en que a él se le hubieran trabado las palabras, lo que secretamente le divirtió. Aunque realmente no había sido su intención echarle así a sus ahijados. Después de hablar con Jennifer, había intentado llamarlo tanto a su despacho como a su condominio. Luego había recordado que él había mencionado que posiblemente pasara a pasear a Bailador un rato antes de venir, y se bañara y se cambiara en las caballerizas.

Ella había pensado que los niños estarían ocupados en el jardín, jugando en la huerta y persiguiendo a Schultzy, y que tendría bastante tiempo para darle la noticia, suavemente. Dada la naturaleza tan efusiva de sus ahijados, debería haber esperado que hicieran esto.

Tratando de suavizar la incómoda situación, colocó la caja sobre una mesa y fue con los niños, agachándose para capturar las pequeñas manos de ellos entre las suyas. Cuando los llevó hacia adelante, de repente se cohibieron. Carly se quedó atrás, enterrando los talones en la alfombra. Dustin metió uno de sus pulgares en la boca y se quedó así.

Poniéndose en cuclillas al lado de ellos, ella miró hacia Ramón; sus ojos suplicaban en silencio su comprensión.

—Te presento a Carly, que tiene ocho años y quiere ser bailarina cuando sea grande —empujando un poquito a la niña, dijo—: Carly, te presento a mi amigo Ramón. Por favor, dale la bienvenida y estrecha su mano.

Carly la miró con sus enormes ojos azules que llenaban su cara.

—Ándale —la animó Leticia.

Finalmente, Carly tomó un paso tentativo hacia adelante, y Ramón la alcanzó a mitad del camino. Agachándose, le ofreció la mano solemnemente. Carly la tocó brevemente y susurró obedientemente.

—Mucho gusto, señor.

—Llámame Ramón. ¿Puedes pronunciar eso?

—Rumun.

—Perfecto —la felicitó Ramón—, y me da mucho gusto conocerte también, Carly.

Habiendo cumplido con su deber, Carly se escondió detrás de Leticia.

—Y te presento a Dustin. Pero yo le digo Dusty —Leticia presentó al niño, tirando de él hacia adelante por la mano—. Tiene seis años y quiere ser vaquero —estrechando a Dustin entre sus brazos un momento, le dio un abrazo rápidamente—. ¿Sabes? Ramón tiene un bonito caballo que se llama Bailador. Bailador sabe hacer trucos, Dusty. ¿Te gustaría ver eso?

Dustin la miró durante un largo rato, como si pensara muy seriamente en el caballo que sabía hacer trucos. Finalmente, se sacó el dedo de la boca y asintió con la cabeza.

Ramón sorprendió a Leticia al ponerse en cuclillas al lado de ellos. Tomó la mano medio húmeda de Dustin entre las suyas.

—Me daría mucho gusto enseñarte a Bailador y los trucos que sabe hacer —guiñando el ojo, agregó—: y a lo mejor podría dejarte montarlo.

Ante el ofrecimiento de Ramón, a Dustin le brillaron los ojos.

—Gracias, señor Rumun. Amo a los caballos. Gusto en conocerte —el niño le dio un apretón a la mano de Ramón antes de volver a donde estaba su hermana.

Leticia intercambió una breve mirada con Ramón, silenciosamente agradeciéndole su comprensión y su aceptación. Levantándose, dio palmaditas a los hombros de los niños y dijo:

—¿Por qué no van a jugar afuera? Estoy segura de que Schultzy se siente muy sola ahí tan solita. Cenaremos en un ratito, ¿sí?

Titubearon sólo un segundo, luego Dustin gritó, declarando:

—Yo soy "Billy the Kid" —volteando hacia su hermana, convirtió su mano en pistola, apuntándola en dirección de ella, retándola—: A que no puedes alcanzarme.

Carly se encogió de hombros y miró a Leticia; una sonrisa se extendió sobre su cara, como si estuviera simplemente complaciendo a su hermanito con sus modos infantiles. Leticia asintió con la cabeza, y Carly corrió tras él, gritándole instrucciones en voz alta, indicando las reglas para su juego de vaqueros e indios.

Volteando hacia Ramón, Leticia abrió la boca para explicar, pero antes de poder pronunciar palabra alguna, la boca de él descendió sobre su boca, caliente y exigente. Su lengua empujó más allá de sus dientes, penetrando hacia el interior de su boca, rodeando su lengua y juntándose con ella.

Respondiendo sin pensar, los brazos de ella rodearon su cuello y lo atrajo hacia ella. Lo sentía tan sabroso, tan perfecto. Había extrañado estar entre sus brazos. Emborrachada por el sabor embriagador de la boca de él, se sentía alejada de toda realidad. La cena podía quemarse y los niños podían derrumbar la casa con sus gritos, pero no le importaba. Lo único que importaba era estar en los brazos fuertes de Ramón con su boca devorando la de ella.

Después de unos momentos, él rompió el beso; sus labios recorrieron el cuello de ella, y se detuvieron para mordisquear su oído. Escalofríos de placer recorrieron toda la espalda de ella. Su corazón tamborileaba aceleradísimo y sus rodillas se convirtieron en jalea. Podía sentir el calor aumentando en ella, el familiar deseo apoderándose de ella.

—Por Dios, Leticia, como te he extrañado —murmuró contra su cuello—. No puedo saciarme suficientemente de ti. Si no fuera por los...

—Son mis ahijados —interrumpió ella.

—Mencionaste eso, preciosa. ¿Pero por qué están aquí? ¿Esta noche en especial?

—Traté de localizarte, pero ya te habías ido. Mi mejor amiga, Jennifer, tuvo un problema. Es probable que tenga que trabajar toda la noche. Está en peligro su empleo —explicó—. Trató de conseguir otra gente para quedarse con ellos, pero no había nadie. —rompiendo su abrazo, ella dio un paso atrás—. Realmente lo siento, Ramón. Quise que esta noche

fuera especial. Yo también te he extrañado terriblemente —levantando la cabeza, cruzó la mirada con la
de él—. Pero no pude decirle que no a Jennifer.

Él le sostuvo la mirada durante un largo rato, como
si estuviera pensando tanto en lo que ella había dicho
como en lo que no había dicho. Asintiendo con la
cabeza, contestó:

—Comprendo. ¿Se quedarán toda la noche?

—Sí —admitió ella, haciendo un nudo con las
manos sudadas, sin saber cómo decirle de manera delicada que si ellos se quedaban, él no podría quedarse.

Tapando las manos de ella con las suyas propias, él
desenredó sus dedos y volteó sus manos palmas arriba.
Bajando la cabeza, las besó y lentamente recorrió la
parte interior de su brazo con la lengua hasta que ella
jadeó. Luego la atrajo hacia él.

—Es lo que amo en ti, tu corazón tan tierno y noble.
¿Alguna vez te han dicho lo maravillosa que eres?

—Nada más tú y mis padres —contestó, presionando
contra él, alisando las manos sobre el algodón fresco de
su camisa de mezclilla.

Y luego se dio cuenta de lo que él había dicho. Había
dicho que era lo que *amaba* de ella. ¡Había usado la
palabra *amor!* ¿Lo dijo de verdad? ¿O era nada más una
expresión? Su corazón voló impulsado por la esperanza.
Quizás había realmente querido decirle que la amaba.
Quizás temía decirlo abiertamente. Quizás fuera la
única manera en que sabía expresar sus sentimientos.

Colocando la mano bajo su mentón, él le alzó la cara
y besó la punta de su nariz.

—Comprendo lo de los niños. No me quedaré toda
la noche. Ya puedes dejar de preocuparte.

A veces era enigmático, pensó. Era como si pudiera
leer sus pensamientos. Agradecida por su comprensión,
lo besó en la boca.

—Gracias. ¿Nunca te han dicho lo maravilloso que
eres? —repitió su halago.

—Todos los días —dijo, riéndose—. Soy un tipo maravilloso.

—Claro que sí —le sacó la lengua.

—No estés luciendo eso, salvo que pienses usarlo —bromeó con una sonrisa libidinosa—. Ojalá que abrieras la caja que te traje.

Riéndose por su tontería, ella exclamó:

—¡La caja! Se me olvidó la caja.

Caminando a la mesa, tenía una bastante buena idea de lo que estaba adentro. Siempre traía flores cuando venía a la casa. Quitó la tapa y encontró una docena de rosas color rosa pálido entre el papel de china.

Sacándolas de la caja, inhaló su dulce fragancia.

—Son hermosas, Ramón. Muchas gracias. Tienen un color tan lindo y delicado.

—Como mencioné anoche justo antes de que nos interrumpieran, las escogí porque son del mismo color que tus labios. Labios que quisiera estar besando en este mismo momento.

—¿Qué te lo impide? —replicó ella.

Sonriendo con su sonrisa traviesa y canturreando unas notas de la vieja canción, "Rosas Rojas para una Dama Triste", se inclinó para tocar los labios de ella con los suyos.

—Sé que la canción no corresponde a la ocasión, pero estoy tratando.

Ella se rió y se aferró a él con una mano, cargando las rosas con el otro brazo. A pesar del comienzo poco usual de la noche, se dio cuenta de que jamás había sido tan feliz.

Leticia cerró la puerta principal. Mirando por la ventana, vio mientras Ramón sacó su Saab de su cochera y se alejó por la calle. Una vez que las luces del carro habían desaparecido de su vista, caminó al cuarto de visitas para ver a Dustin y Carly.

Estaban acostados con las piernas y brazos extendidos, las cobijas hechas bolas alrededor de las rodillas. En medio de los dos niños durmientes, Schultzy estaba acurrucado en una bolita. Al entrar ella al cuarto, el perro salchicha levantó su cabeza y meneó la cola.

Acariciando su cabeza, se inclinó, desenredó las sábanas y las colocó encima de sus dos ahijados. Dormidos, parecían angelitos. Tiernamente, alisó el cabello de sus frentes. Se movieron y murmuraron entre sueños, pero no se despertaron. Tirándoles besos, salió del cuarto.

Ella había tenido toda intención de ir a su cuarto para acostarse, pero todavía tenía "cuerda." Su cuerpo estaba tenso, vibrando con deseo sexual insatisfecho. Inquieta pero feliz, entró a la sala y se sentó en el sofá, mirando por la puerta corrediza de vidrio hacia el jardín trasero, pensando.

Esta noche había sido tanto extraña como maravillosa. Por un lado, ella hubiera preferido que él pasara la noche con ella para satisfacer sus deseos tan físicos y tan exigentes. Ramón no había mostrado rencor, ni en lo más mínimo, ante la idea de compartir su noche con los hijos de Jennifer. Hasta había cargado a los niños en la espalda jugando al caballito y había participado en un juego ruidoso de escondidillas después de la cena.

A la hora de acostarlos, no les leyó ninguno de los libros de cuentos de hadas. En cambio, había inventado un cuento, un cuento genial con una bailarina y un vaquero como la heroína y el héroe. Maravillada ante su imaginación, ella estuvo asombrada cuando vio que su cuento fue complementado con mucha acción y magia, un poco de tragedia, y un final donde lo bueno triunfó sobre lo malo.

Mercedes estaba equivocada respecto a Ramón. Y era más que eso, porque él mismo se subestimaba también. No era un hombre egocéntrico, y tenía mucho que dar. Ella había sido recipiente de su naturaleza tan generosa. Esta noche, había visto otra faceta de él, como trataba a los niños. Sería un excelente padre.

Había dicho que la amaba, o casi lo había dicho. No había hecho más referencia a ello, pero realmente no hubo tiempo. Esperaba que mañana por la noche, sin la distracción de los niños, pudiera admitir sus sentimientos más profundos hacia ella.

Mañana por la noche… parecía toda una eternidad.

Ramón estaba acostado al lado de Leticia, siguiendo sus curvas sedosas con las puntas de sus dedos. Habían hecho el amor dos veces, pero todavía no estaba saciado. Ella era como una adicción, y quería más y más de ella, quería tocarla más, abrazarla más, y penetrarla aún más.

Sonriendo para sí mismo, se sentía como un adolescente con su primer amor. Esta noche, había llegado a su puerta con una urgencia animal, levantándola entre sus brazos para llevarla a la alcoba.

Le había advertido que no cocinara, sin querer perder el tiempo en minucias. Las gardenias que había traído estaban marchitándose en su caja, pero no le importaba. Su estómago gruñía, recordándole que ni siquiera había tomado un momento para cenar.

Temblando, ella se rió y se quejó:

—Me haces cosquillas —dijo, mientras los dedos de él recorrían toda la parte abultada de abajo de sus senos.

Inclinándose hacia adelante, él puso las manos sobre sus hombros y la atrajo hacia él, saboreando de nuevo sus labios hinchados por la pasión. Murmurando hacia el interior sabor a miel de su boca, él preguntó:

—¿Tienes hambre?

—Un poco, pero no tanto como antes —contestó ella, aludiendo al otro tipo de hambre que él había pasado varias horas saciando.

Haciéndose hacia atrás, él se rió ante su picardía.

—Dame tiempo, mujer, y alimento.

—Me dijiste que no cocinara —rechinó ella, defendiéndose—. Me dijiste que tú te encargarías de la cena —levantando la cabeza, la movió de lado a lado, fingiendo estar buscando alrededor de su recámara—. Hasta el momento, no he visto ni un bocado de comida. ¿Cómo te propones encargarte de la cena? —mirando hacia sus dos cuerpos desnudos, observó secamente—: No estamos muy bien vestidos para salir.

A él le encantaba que ella bromeara así.

Justo cuando habían comenzado a salir juntos, ella había sido seria y tímida, recordó él. Ahora le gustaba más, bromista y apasionada y segura de sí misma, confiada en ser deseada como mujer.

Como para enfatizar el punto, ella levantó los brazos arriba de la cabeza y entrelazó los dedos, tensando su cuerpo como una cuerda de guitarra. Estirándose, se parecía a un gato que ha comido toda la crema que ha querido. Observando como se erguían sus senos, él se dio cuenta que estaba duro de nuevo.

Asombrado ante el efecto que ella tenía sobre él, reprimió sus urgencias libidinosas y se concentró en cumplir con la cena. Volteando de lado sobre la orilla de la cama, alcanzó el teléfono.

—¿Qué tal una pizza?

—Es una oferta tan burguesa sin imaginación, una pizza —bromeó, envolviendo una larga pierna delgada sobre la pierna de él.

Volteando en la cama, él le dio la cara de nuevo y colocó la mano sobre su monte de Venus, gruñendo.

—Yo te enseñaré imaginación.

Riéndose, ella se alejó y se deslizó hacia el otro lado de la cama, llevando con ella la sábana, y se envolvió en ella como si fuera una toga.

—Pide la pizza, que me muero de hambre. Me gusta el tocino canadiense y cebollas y jalapeños —sus ojos color ámbar brillaron con travesura—. Y mientras estamos esperando, puedes enseñarme cuánta imaginación tienes.

—Entenderé eso como un reto —dijo, aceptando la carnada.

Sonriendo de oreja a oreja, alcanzó el teléfono. Marcó el número de Domino's Pizza y encargó una pizza grande con los ingredientes que ella había pedido. Sintiéndose como se sentía él, no le importaba lo que llevara la pizza. Le interesaba mucho más el entremés.

Colgó el teléfono, dio la vuelta y extendió la mano para tocarla, pero no estaba ahí. Sosteniendo la sábana frente a su desnudez, estaba parada al pie de la cama, con una ceja arqueada y una sonrisa seductora en los labios.

—Creo que me voy a bañar —dijo con perfecta inocencia.

—De ninguna manera —arrodillándose sobre la cama, se lanzó hacia ella, y agarró la sábana.

Ella la soltó y bailó al librarse de ella, dándole la espalda, regalándole un vistazo fugaz de una nalga antes de desaparecer hacia el baño y cerrar la puerta tras ella.

Entendiendo el juego que ella estaba jugando, él brincó de la cama y atacó la puerta. Se abrió con facilidad. Estaba parada en medio del baño, sonriendo de oreja a oreja. Se acercó a ella, la abrazó y besó la sedosa piel de su hombro.

—Eres una calienta-braguetas.

El teléfono sonó desde la habitación, sorprendiéndolos a los dos. Levantando la cabeza, él dijo:

—No lo contestes; deja que lo conteste tu máquina.

—Y, ¿si es la pizzería, verificando mi dirección?

Él no había pensado en eso. Era una práctica común, para evitar llamadas de bromistas pidiendo pizzas para direcciones falsas.

—Está bien. Puedes tener razón.

Dándole un besito, pasó al lado de él y contestó el teléfono al cuarto timbrazo. Él la escuchó contestar y luego decir:

—Sí, está aquí. Déjeme buscarlo.

Extendiendo el auricular, lo llamó:

—Ramón, es para ti, un señor Sosa. Dice que le diste este número en caso de que tuviera que localizarte —su voz mostraba un poco de desaprobación.

Dándose cuenta de que Sosa no le llamaría si no fuera una emergencia, él sintió una pizca de preocupación, preguntándose qué podía haber salido mal en la campaña.

Atravesando el cuarto en tres pasos, tomó el auricular.

—Buenas noches, señor Sosa. ¿Cómo está?

—Muy bien, gracias. Siento interrumpir su noche, pero he recibido unas malas noticias.

—¿Qué? —aumentaba su nerviosismo.

—¿Ha visto los periódicos de la tarde?

—No, no los he visto —admitió Ramón.

Hay una nota bastante fea en los periódicos tanto de Monterrey como de Acuña. Un artículo sobre Joaquín durante su gestión como alcalde de Monterrey. El artículo alude a alegatos sobre malversación de fondos del PRI por más de un millón de dólares para su uso personal.

Escuchando la acusación, Ramón se preparó para lo peor.

—Y, ¿es cierto?

—Claro que no. Pero tienen un testigo fidedigno, que fue su ayudante personal.

—Pero si no es cierto, ¿por qué…?

—Usted sabe por qué… —lo cortó Sosa.

—Dinero.

—Mucho dinero, pagado por un tal Carlos Hernández.

—¿Podemos probarlo?

—Claro que no. Ya sabe como trabaja Hernández.

—Le pagaremos más al ayudante. Retirará lo dicho.
Sosa se rió con una carcajada seca.

—Señor licenciado, qué pronto olvida las cosas —lo
amonestó—. Usted sabe como es el partido. Una simple
alusión a un escándalo, especialmente involucrando
fondos del propio partido, es como una sentencia de
muerte, independientemente de las retracciones que se
publiquen —una nota de cansancio se mostró en su
voz—. Yo debería haber adivinado esto. Nosotros
deberíamos haber tomado el primer paso, haber tomado la ofensiva.

Ramón sintió repugnancia ante la idea. Él sabía lo
sucia que podría ser la política, pero jamás le habían
gustado, ni había aprobado, este tipo de maniobras
sucias. De hacerlo, significaría que no era mejor que su
padre.

—¿Qué debemos hacer? —preguntó Ramón.

—Buscar otro candidato. Es nuestra única esperanza.

—¿Pero quién?

—Usted.

Pensando que había malentendido, preguntó:

—¿Quién?

—No se haga el chistoso conmigo, señor licenciado
—rechinó la voz de Sosa—. Lo necesitamos como candidato. No conozco a otro que pueda tomar la estafeta a
estas alturas y todavía ganar la candidatura. Usted tiene
su propia base de poder, y lo sabe.

—Nada más tras bambalinas —respondió, si estar
preparado para aceptar la responsabilidad de un cargo
público. Jamás había sido ésta su meta. Lo único que le
interesaba hacer era acabar con la carrera política de su
padre, convirtiéndola en polvo. Lo último que quería
era ser político como su padre.

—Tras bambalinas o no, no importa, licenciado —la
voz de Sosa temblaba por la frustración apenas contro-
lada—. Lo único que importa es que usted tiene la base
de poder.

La acogedora alcoba de Leticia le estaba dando vueltas, girando en círculos locos. No estaba listo para esto. No se había preparado para esta contingencia. Era ridículo. Jamás había tenido un cargo público. Cambiar de la obscuridad al primer plano de la política nacional en un solo salto sería una locura.

Sin embargo, una parte de su mente se daba cuenta de que no era realmente una locura. Sosa no tenía ni un pelo de loco. Con el movimiento de la reforma tomando fuerza en México, nuevos candidatos limpios con actitudes progresistas eran muy codiciados. En primarias anteriores, habían barrido fácilmente a sus oponentes más conservadores. Pero no quería la candidatura. Ni siquiera había considerado la posibilidad.

—Tendré que pensarlo —evadió.

—Piénselo bien. Tiene veinticuatro horas —se escuchó un clic, y la línea se cortó.

Ramón volvió a colgar el aparato, con su mente girando. Quería vencer a su padre y acabar con sus ambiciones políticas. Pero ¿hacer campaña abiertamente en oposición a él sería realmente lo que quería? Y, ¿si ganaba? Había toda probabilidad de ganar, dado el ambiente actual en la política mexicana. Jamás había esperado un cargo público, conociendo de antemano el enorme costo para conseguirlo. La primera baja sería su despacho jurídico.

Y, ¿qué pasaría con Leticia?

Su relación sería de larga distancia, como había sido durante las últimas semanas. En el mejor de los casos, la vería ocasionalmente cuando hubiera receso en la legislatura. Salvo que ella fuera al Distrito Federal con él.

Visualizándose en el momento de la victoria, casi podía saborear el triunfo agridulce, disfrutando al haber aplastado a su padre. A pesar de todos los sacrificios, el reto le llamaba la atención. Destruir al padre que se había negado a reconocerlo sería la victoria más dulce de todas.

Leticia escuchaba un lado de la conversación, tratando de que lo que había escuchado hiciera sentido. Al principio, se había retirado al baño, tratando de no entrometerse en los asuntos de Ramón. Después de los primeros minutos, no pudo resistirse, pensando que también era de su incumbencia. Éste era el hombre que ella amaba. Y aunque él mismo no se hubiera dado cuenta, él también la amaba.

Tocaron el timbre de la puerta, distrayéndola. Debería de ser la pizza. Agarrando su bata, cubrió su desnudez y apretó ligeramente el cinturón. Recogiendo su cartera, corrió a la puerta principal, aceptó la pizza y la pagó en efectivo.

Al volver a la recámara, Ramón había colgado el teléfono y estaba parado mirando a la pared, como si estuviera pensando profundamente. Mirándolo, ella detectó la tensión en el cuerpo de él. Cuando él volteó hacia ella, su mirada la atravesó, como si ella no estuviera ahí. Sus ojos estaban pesados y su frente tenía profundas arrugas.

—Oye —le llamó—. Comida.

—Bueno, bueno —murmuró automáticamente, sin molestarse en mirarla.

—¿Dónde quieres comer? ¿En la cama?

Recogiendo su short, se lo puso y luego la miró:

—Vamos a la cocina, ¿sí?

—Por supuesto.

Prendiendo la luz de la cocina, ella colocó la pizza sobre la barra y sacó unos platos de cartón. Acercó un banco y vio que él ya había abierto la caja, y ya estaba comiendo una rebanada.

—Toma un plato de cartón —ofreció, deslizando el plato por la barra—. Por favor, Ramón, siéntate. Ahí tienes un banco —dijo, indicando el banco al lado de él. Él asintió con la cabeza, acercándolo a la barra y sentándose. Aceptó el plato también, y lo colocó debajo de su rebanada de pizza.

Ella sacó una rebanada de pizza y la mordió. Disfrutó el sabor porque tenía tanta hambre. Después de unos bocados, sin embargo, ya no pudo pasar por alto su curiosidad. ¿De qué se había tratado la llamada telefónica? Si se trataba de la campaña como ella sospechaba, ¿por qué lo había afectado tanto?

Antes de la llamada, él había sido totalmente suyo, completamente sincronizado con los deseos y las necesidades de ella, gozando el placer que compartían. Ahora estaba en su propio mundo, desatendiéndola soberanamente.

Queriendo recobrarlo de nuevo, comentó:

—Está rica la pizza. Gracias por pedirla.

La cabeza de él se levantó, y ella vio el esfuerzo que tenía que hacer para concentrarse en sus palabras.

—Me agrada que te haya gustado. Está rica, ¿verdad? —habiendo dicho las palabras, se sirvió otra rebanada.

Ella dejó de comer y lo observó durante unos momentos. Aumentaba su frustración, dándose cuenta de que podría estar en la luna, y a él no le importaría en lo más mínimo. La frustración se convirtió en miedo, y recordó la advertencia de Mercedes. ¿Era tan importante la campaña para él? ¿Tenía razón ella al pensar que la campaña era simplemente una manera de lastimar al padre que lo había abandonado?

Sintió un escalofrío recorrerle la espalda. Jamás salía nada bueno cuando uno cambiaba la integridad por el gusto de lastimar a otro, no obstante cuánto pudieran merecerlo. Ella tenía que saber si sus temores eran fundados. Le enojaba no saber de qué se trataba, que él no se lo contara. Pues, su relación también era importante para él. ¿O no?

Molesta y nerviosa, tiró el pan a medio comer; el plato se deslizó por la barra. La vehemencia de su acción despertó la atención de Ramón, y la observó como un buho, como si despertara de un trance.

—¿Qué tienes, Leticia?

—¿Qué tengo? Me preguntas. ¿Qué tienes tú? Desde tu conversación con el señor Sosa, te has portado como si estuvieras a mil kilómetros de distancia.

—Perdóname. No me di cuenta. ¿Qué decías?

—Yo no decía nada, pero quiero saber qué es lo que sucedió. ¿Qué es lo que te dijo ese tal Sosa? Se trata de la campaña, ¿no?

—Sí —admitió a regañadientes, como si ocultara un secreto.

—¿Y? —le preguntó.

Él suspiró largamente, empezó a encogerse de hombros y luego se detuvo. Colocando su pizza a medio comer sobre su plato, confesó.

—No son buenas noticias. Han comprometido a mi candidato. Soltaron una nota en los periódicos acusándolo de malversar fondos del partido durante su gestión como alcalde de Monterrey.

—Y, ¿es cierta la historia?

—No —desvió la mirada, y ella vio brincar un músculo en su mandíbula. Palpando su agitación, ella se mordió la lengua, esperándolo. Cuando finalmente habló, su voz fue dura—. Es una mentira usada para echarle tierra a mi candidato. Una mentira comprada y pagada por la oposición. Debería haber sabido que se rebajaría hasta donde fuera necesario para ganar.

—¿Te refieres a tu padre? —no era realmente una pregunta. Ya sabía la respuesta.

—Has estado hablando con mi media hermana. ¿No es así? Me acuerdo que mencionaste que ibas a cenar con ella esta semana.

—Sí, cenamos. Me dijo que su padre era el otro candidato. ¿Por qué no me dijiste, Ramón? —no había sido su intención que su pregunta sonara a acusación, pero así salió.

Esta vez, él se encogió de hombros, tomó la rebanada de pizza de nuevo y comió un bocado. Después de tragarlo, dijo:

—No creí que fuera importante.

—No importante, no importante —repitió ella, lastimada por su actitud—. Te propusiste destruir políticamente a tu padre, y dices que no es importante. ¿Soy importante para ti, Ramón?

—Tú sabes que eres importante para mí —extendiendo la mano sobre la barra, trató de tomar la mano de ella, pero algo hizo que ella se apartara. Algo le hizo intuir que su discusión giraba alrededor del meollo de su incapacidad de comprometerse.

El escalofrío que ella había sentido antes se extendió, encerrando su corazón bajo su gélido control. Tiró de la orilla del cuello de su bata y la cerró alrededor de su garganta. Pero el escalofrío no venía de fuera, sino de adentro.

Frunciendo el ceño, él exigió fuertemente:

—¿De qué se trata? ¿No puedo tocarte? ¿Por qué estás cerrando la bata? ¿Temes que pudiera yo verte? —con un susurro, agregó sarcásticamente—: Como si no te hubiera visto antes.

La rabia se apoderó de ella ante su feo comentario, quemándola por dentro, revolviéndole el estómago. Su familiar cocina bailaba ante sus ojos. El zumbido de las luces fosforescentes del techo retumbaba en sus oídos. ¿Cómo había llegado a este punto? ¡Él le había hablado como si fuera una cualquiera!

Por mucho que quisiera ella enfrentarse con él para hablar del asunto, no pudo hacerlo. Quizás ya no fuera siquiera importante. Si era capaz de hablarle así, no era posible que la respetara. Y si no la respetaba, entonces no la podía amar.

Levantándose, ella se enderezó.

—Creo que deberías vestirte y largarte, Ramón.

CAPÍTULO NUEVE

Ramón levantó la cabeza y captó la mirada de Leticia. Los oscuros ojos color café de él estaban nublados por las emociones. Levantando la mano, la pasó por su cabello, ofreciendo una disculpa:

—Lo siento, Leticia. No quise decir eso como me salió. Por favor, perdóname. Estaba aturdido por la noticia respecto a la campaña. Tú puedes entender eso, ¿o no? Trató de abrazarla de nuevo, pero ella se alejó, atravesó el cuarto y se apoyó contra el escurridor del fregadero.

Ella se cruzó de brazos, deseando haberse puesto otra cosa y no la bata de toalla.

—No hay excusa, Ramón, y tú lo sabes —su tono era grave cuando agregó—: No me respetas, y todo se reduce a eso. De otro modo, no lo habrías dicho.

—Ándale, Leticia, estás exagerando todo esto...

—¿Tú crees? —lo interrumpió ella—. No es nada más lo que dijiste, sino lo que no dijiste. No me tuviste confianza para decirme la verdadera razón de la campaña, que es destruir a tu padre y vengarte de él —ella estaba temblando pero no pudo detenerse—. Si yo te soy tan importante, entonces deberías habérmelo dicho. La campaña te alejó de mi. Ha impactado nuestra relación. No te importé lo suficiente para...

—¿Para qué? —la cortó él, levantándose también—. Tú no eres mi dueña, Leticia. Eso lo aclaré desde un principio, ¿o no?

De haberle pegado un puñetazo en el estómago, no la podría haber lastimado más. Le sacó el aire. Su cabeza palpitaba de dolor y su estómago estaba retorciéndose violentamente, haciéndola sentir como si fuera a vomitar en cualquier momento. Tenía calor y luego frío.

Él no la quería, y al ella darse cuenta, le quedó una sensación de náusea, como si se hundiera en un hueco. Para él se había tratado de un desliz intrascendente, tal y como se lo había dicho desde el principio. Y nada más.

—Mira. No quise que las cosas terminaran así, pero puede ser lo mejor —ofreció él—. Al comprometerse la reputación de mi candidato, necesitamos un nuevo candidato. Me han pedido que yo lo sea porque no hay otra gente. De aquí a las elecciones, no tendré ni un momento para mi vida privada. Si me eligen, estaré viviendo la mayor parte del año en el Distrito Federal. No sería justo pedirte…

—No, no es justo —lo detuvo, negándose a escuchar más excusas.

Era peor de lo que ella se había imaginado. Su deseo de venganza era tan fuerte, que estaba dispuesto a sacrificar todo con tal de lograrla. Dispuesto a dejar su despacho jurídico y hacer campaña para un cargo que no le interesaba en lo más mínimo. Dispuesto a terminar la relación entre ellos.

—Probablemente es lo mejor, como tú dices. Nos habríamos aburrido pronto —agregó, sin poder resistirse.

—Ojalá no dijeras eso —en su voz se notaba el arrepentimiento—. De verdad me importas, Leticia. Y porque me importas, no creo que sea justo pedirte que me espere. Todo esto me ha molestado tanto como te ha molestado a ti. No sé qué sucederá. Jamás quise ser candidato.

—No, tú nada más querías vengarte de tu padre. Mercedes me explicó cuánto le importa la política. Es la venganza perfecta. Siempre supe que eras inteligente —observó sarcásticamente.

—Yo no merezco eso, Leticia.

—Ah, ¿no? Supongo que me vas a decir que la venganza es una causa noble, ¿algo en que debes de basar toda una vida?

Él tuvo la decencia de sonrojarse ante las palabras tan hirientes de ella, pero frunció el entrecejo y negó con la cabeza.

—Tú no comprendes lo que siento. Pero, ¿cómo podrías comprender? A ti te criaron tus verdaderos padres, sin secretos. Mi padre natural es un arrogante y desgraciado egoísta. Lo que le hizo a mi madre, e indirectamente a mí, merece un castigo. Carlos Hernández necesita ser humillado —golpeándose el pecho con su puño, declaró—: Y yo soy el hombre que lo hará.

Levantando la cabeza, ella lo miró directamente a los ojos. Ya no estaban ahí las frenéticas emociones de hacía unos momentos. Ella se sintió extrañamente fatigada y exprimida, hueca, como un recipiente vacío. Su vida solitaria la esperaba de nuevo, un desierto de días y noches sin sentido, esperando a ser llenados con tareas cotidianas y trabajo. La esperanza, aquella chispa de promesa, finalmente se había apagado.

—Espero que tu venganza sea suficiente —dijo simplemente.

Los ojos de él se entrecerraron, como si estuviera considerando el significado dentro de sus palabras tan sencillas. Desvió la mirada y murmuró:

—Lo será. He trabajado y planeado todo esto desde el día que mi madre murió.

Dándole la espalda, ella se aferró a la orilla del fregadero, tratando de sobreponerse a la repentina ola de náusea. ¿Cómo pudo haber estado tan equivocada en todo lo relativo a él? Él había sido honesto con ella desde un principio, pero su ternura y su comprensión habían prometido mucho más. O quizás sólo ella lo había percibido así. Ella había estado demasiado necesitada, además, y lo sabía. Se había sentido tan sola y había necesitado tanto de alguien que la ayudara a eliminar su falta confianza en sí misma para hacerla sentirse deseada de nuevo. Él había hecho eso de manera admirable, admitió ella para sí misma.

Todo esto le estaba doliendo tanto que casi quiso llorar en voz alta por tanta agonía que sentía. ¿No habría sido mejor jamás haber conocido a Ramón? Ahora era demasiado tarde, y lo sabía. "Lo pasado, pasado." El refrán hacía eco en su mente, provocándole un fuerte dolor de cabeza.

—Supongo que debo vestirme —fue una declaración casi tentativa, en voz baja, apenas más que un susurro.

Sin voltear, ella asintió con la cabeza. Para tener algo que hacer, abrió la llave del agua y llenó un vaso. Forzándose a tomar lentamente el agua, escuchó los pasos de él atravesando la cocina descalzo, haciendo una pausa, y luego caminando en dirección de la habitación.

Después de unos tragos de agua, ella dejó el vaso y se quedó parada ahí, mirando por la ventana de la cocina, esforzándose en concentrarse en el enorme nogal en el jardín delantero. Lo que fuera, para no pensar en Ramón. El árbol estaba adornado con manojitos de alguna sustancia blanca como algodón. Se dio cuenta de que eran capullos de lombriz. Tendría que llamar al vivero. Sin tratamiento, los capullos podrían matar al árbol.

Siempre había quehaceres necesarios para llenarle los días.

El chasquido de tacones contra el linóleo la hizo reaccionar. El terror formó un nudo en la boca de su estómago, al recordar de nuevo lo que había sucedido. Sintió un contacto ligero en el hombro y quería encogerse. Luchó contra la reacción automática y volteó lentamente. Ramón estaba parado frente a ella, totalmente vestido, y su cabello color azabache estaba peinado hacía atrás, todavía húmedo.

Estaba parado demasiado cerca. Ella pudo sentir el calor que emanaba de su cuerpo. Podía oler su especial fragancia a musgo. Recordó la primera vez que se había parado tan cerca aquel día en su despacho. De repente, la inundaron los recuerdos, partiéndole el alma. Si no se retiraba pronto, ella se humillaría vomitando o llorando o lo que sería aún peor... suplicándole.

—No quiero que esto sea una despedida, Leticia. Si nuestras actividades nos lo permiten, me gustaría volver a verte.

—Pensé que ibas a estar demasiado ocupado y de viaje la mayor parte del tiempo —le echó ella en cara. No sabía siquiera lo que decía. Ya había decidido que no lo podía volver a ver. Sin embargo, quería decir algo, mantener sus labios en movimiento, para que no le brotaran las lágrimas que amenazaban con llenar sus ojos.

No podía creer cómo se comportaba él. Como si su discusión no hubiera significado nada. Como si no le hubiera dicho que no era su dueña. Si Ramón pensaba que su padre era arrogante y egocéntrico, entonces no se conocía a sí mismo. Algunos rasgos de personalidad eran genéticos, heredados al hijo por el padre.

—Haré tiempo, ya verás —dijo sonriendo, mostrando el juvenil hoyuelo que ella amaba—. Es nada más que no quiero que te ilusiones en vano. Mereces tener una vida, y no poner tu vida en lista de espera hasta que pueda yo darme tiempo para verte.

Leticia retrocedió un paso. A él le importaba tan poco ella, que estaba animándola a salir con otros hombres si él no estaba con ella. Probablemente eso significaba que él sabía que saldría con otras mujeres al acabar la campaña y cuando estuviera ya viviendo en la Ciudad de México. Al imaginarlo con otras mujeres... no soportaba la idea.

No podía imaginarlo con otras mujeres.

—No creo que sea muy buena idea, Ramón —dijo, tratando de mantener la calma en la voz—. Vamos a cortar esto de tajo, ¿de acuerdo? —ella misma se asombró por la serenidad que había logrado fingir.

Urgida de alejarse de su atormentadora presencia física, pasó al lado de él y regresó a la barra. Agarrando un poco de papel de estaño de un cajón, envolvió con él las últimas rebanadas de pizza. Cuando llegó a la puerta del refrigerador, él la abrió para ella.

—Ojalá que reconsideraras, Leticia —cerró la puerta después de que ella hubo guardado la pizza—. Pero no te voy a presionar. Te llamaré la próxima vez que venga a casa. ¿Está bien?

Girando desde el refrigerador, ella regresó a la barra y juntó los platos sucios y las servilletas. Se sentía que estaba muriendo por dentro, centímetro a atormentado centímetro. ¿Por qué no se iba simplemente? Ella no quería volver a verlo jamás.

Tuvo que armarse de valor para enfrentarse con él de nuevo.

—Por favor, no llames, Ramón. No quiero verte —declaró secamente—. Y no es nada más por lo nuestro. No estoy de acuerdo con lo que estás haciendo, ni con tu motivación para hacerlo. Puede que haya sido muy afortunada al ser educada por mis verdaderos padres, y quizás no pueda comprender lo que sientes. Pero de una cosa sí que estoy segura. La venganza no logra nada. No te devolverá a tu padre natural. Y tu madre está… —se detuvo antes de decir lo que estaba a punto de decir, y luego continuó— Lo único que lograrás con la venganza es impedirte a ti mismo seguir con tu vida, impedirte hacer lo que quieres hacer porque simplemente quieres hacerlo, y no por causa de una vieja vendeta —se detuvo de nuevo antes de seguir diciendo lo que se tenía que decir—. La venganza es una emoción indigna de ti y cruel, Ramón. No quiero saber nada de tu venganza… ni de ti.

Él levantó la mirada hacia ella. Ella pudo ver la furia que centelleaba en sus ojos, justo bajo la superficie, guardada en las profundidades color cacao de sus ojos. El músculo brincaba de nuevo en su mandíbula. Su boca estaba apretada en una línea delgada, y la abrió para hablar. Pero seguramente cambió de parecer, porque la volvió a cerrar de nuevo.

Hizo un movimiento brusco, y ella pensó que se iba. Luego él vio la caja olvidada de flores. Atravesando hacia la caja, sacó las frágiles gardenias de su lecho de papel de china. Ya estaban marchitas y quemadas por las orillas. Eran una metáfora perfecta para su relación, pensó Leticia.

Levantando el vaso tirado en el fregadero, él colocó las gardenias en el agua. Cuando él volteó hacia ella de nuevo, ella se dio cuenta de que la expresión en su cara había cambiado. Se veía nostálgico, casi triste. A ella le partió el corazón, y tuvo que controlarse para no correr a él para abrazarlo.

—Siento mucho que pienses así, Leticia. Entonces, supongo que es hora de despedirme.

—Tú conoces el camino a la puerta.

—Sí.

Volteó y salió del cuarto. Sus pasos se iban alejando. Ella escuchó cuando la puerta se abrió y luego se cerró. Observó mientras sacaba en reversa su Saab de la cochera. Cuando estuvo segura de que ya se había retirado, se deslizó lentamente al suelo y se cubrió la cara con las manos.

Finalmente podía llorar en paz.

Ramón se apartó del podio, inclinándose y sonriendo, cortésmente reconociendo el aplauso de la gente. Caminando lentamente hacia atrás mientras mantenía contacto visual con la gente, se juntó con Sosa al fondo del foro. Juntos, acompañados por los dos omnipresentes guardaespaldas que había conseguido Sosa, bajaron de la plataforma.

Al llegar a la parte general del salón, los envolvió la multitud de seguidores, extendiendo sus manos para ser estrechadas y dándoles palmaditas en las espaldas. Sosteniendo la boca en forma de sonrisa amplia, estrechó manos e intercambió palabras insignificantes con la gente al pasar. Lenta pero metódicamente, se abrió paso entre la muchedumbre, en dirección a la salida más cercana.

Salieron del amontonamiento humano, y corrió hacia la limosina que aguardaba afuera. Una vez adentro, se dio el lujo de un gran suspiro de alivio, hundiéndose entre los suaves cojines de cuero. Frotando sus ojos fatigados con los puños, se dio cuenta de que tenía un fuerte dolor de cabeza. Demasiados discursos y falta de sueño. Le agradaba saber que sólo faltaban cuatro semanas más de campaña.

El apoyo era casi parejo para los dos precandidatos , con el partido dividido en partes iguales. La facción conservadora del PRI apoyaba a Hernández, citando su larga trayectoria de servicio público. La facción joven y progresista del partido lo apoyaba a él como candidato de reforma con ideas nuevas y emocionantes.

Él meneó la cabeza. Sí que tenía algunas ideas, pero dudaba mucho que pudiera llevarlas a cabo aunque fuera elegido. Una vez electos, los legisladores novatos normalmente se agachaban ante los dictámenes de los veteranos del partido.

Sosa, sentado frente a él, preguntó si deseaba tomar una copa. Lo que realmente quería era una aspirina, pero se abstuvo de pedirla. Últimamente, había estado tragando aspirinas como si fueran dulces.

—No, creo que voy a dormir una siesta. ¿Cuánto tenemos antes de la próxima?

Volteando hacia el chofer, Sosa consultó con él. El conductor les dijo que serían dos horas de camino para llegar a su próxima reunión.

—Bueno —respondió Ramón—. Despiértame cuando estamos a punto de llegar.

—Descansa —sugirió Sosa—. Yo sé que estas cansado, y quieres verte fresco para tu próximo discurso.

Ramón apenas gruñó, acomodando su cuerpo en un rincón de la limosina, tratando de sentirse a gusto, estirando las piernas. Cerrando los ojos, se hundió más en los asientos acojinados. Rendido, pensó que se quedaría dormido instantáneamente. Pero no fue así.

En cambio, sus pensamientos divagaron hacia Leticia. Cada vez que tenía un momento de calma para descansar, pensaba en ella. La recordó parada en su cocina, cerrando el cuello de su bata de toalla con la mano, logrando verse tanto orgullosa como vulnerable al mismo tiempo.

Hubo otros recuerdos también. Como si estuviera viendo una película, volvió a vivir cada momento de su tiempo juntos. La recordaba mucho, y estaba muy triste. Triste y solo. La venganza no era suficiente, y ya se había dado cuenta, exactamente como ella le había dicho. Él quería más. Quería que ella volviera con él.

Leticia estaba parada en medio de la mueblería, con sus puños sobre sus caderas. Lentamente, miró alrededor y le agradó lo que veía. Había trabajado muy duro, pero lo había logrado. La mueblería ya estaba remodelada. Y la conversión había sido exitosa, de ser una buena indicación el primer día.

Con la ayuda de sus empleados, había renovado la mueblería, reparando y repintando. Nuevos artículos de adorno, la mayor parte artesanías, colgaban de las paredes, dando un ambiente acogedor y provinciano. Los muebles de la región montañosa se veían resplandecientes bajo las luces indirectas, habiendo sido pulidos con aceite de limón. Mezcladas entre ellos estaban las antigüedades que ella había encontrado, algunas de ellas en buen estado, otras que podrían describirse como "especiales para carpinteros."

Ella y sus empleados habían reinaugurado la tienda hoy, regalando ponche y galletas a los clientes, y personalmente invitando a la gente a curiosear por la tienda. Habían vendido más que nunca. Tendría que volver a encargar algunos de los artículos más populares, como las sillas con respaldo de escalera y los armarios de roble.

Sentándose en un sillón, suspiró aliviada y descansó la cabeza contra la piel tan suave como mantequilla. Cerró los ojos y saboreó su triunfo, sabiendo que había tomado la mejor decisión: renovar la tienda. Pronto podría pagar la deuda. La Mueblería Rodríguez saldría adelante. Sus padres habrían estado orgullosos de lo que ella había logrado, especialmente cuando todo estaba en su contra.

Al pensar en sus padres, se le llenaron los ojos de lágrimas. Volteando la cara hacia la suave piel, sintió que se hundía en una absoluta desolación. Aun en este momento, cuando debería estar tanto agradecida como triunfante, la invadía la soledad. Extrañaba a sus padres y ... a Ramón.

Por muy ocupada que hubiera estado convirtiendo la tienda, él jamás estuvo lejos de sus pensamientos. Había tenido que agotarse todos los días, tanto física como mentalmente, para poder dormir durante las noches. Aun entonces, despertaría varias veces durante la noche, extrañándolo. Al despertarse, se daría cuenta de que Ramón jamás volvería a dormir al lado de ella, y el terrible reconocimiento del hecho se apoderaría de ella, sofocándola, y haciendo nudos dolorosos en la boca de su estómago.

Tanto Jennifer como Mercedes habían comentado que se veía muy cansada. Cuando se veía en el espejo, sabía que tenían motivo para estar preocupadas. Había bajado de peso, su cara se veía demacrada, y tenía ojeras oscuras bajo sus ojos. Había atribuido su aspecto demacrado a la conversión de la tienda, pero sabía que no era cierto. Con la renovación terminada, su vida parecía aún más vacía que antes.

¿Cómo llenaría los días solitarios y las noches aún más solitarias?

Si la tienda seguía prosperando, ella ya no estaría atada a Del Río. Una vez que se hubiera pagado el crédito, podría volver a la universidad y lograr sus aspiraciones. Había estado pensando en la universidad y en un nuevo comienzo desde su rompimiento con Ramón. Pero habían estado juntos en Austin. Si regresaba ella ahí, ¿sería atormentada por los recuerdos? Quizás debiera pensar en otra universidad.

Pero sin importar a donde fuera, sabía que no podía escaparse de él. Lo traía con ella siempre...en su corazón.

Agachándose, Leticia recogió el montón de hojas de nogal para colocarlas en una bolsa para basura. El vivero había enviado alguien para erradicar los gusanos hacía algunas semanas. El viejo árbol había dado varias canastas de deliciosas nueces, que ella había regalado a sus amigos y vecinos. Ahora había llegado el otoño y el árbol había tirado sus hojas, convirtiendo su jardín delantero en una alfombra color café con dorado.

En años anteriores, ella había triturado las hojas con la podadora y las había dejado sobre el suelo para el invierno. Pero el agente de bienes raíces la había convencido de quitarlas, insistiendo en que la casa se vería mejor. Echó un vistazo hacia el letrero color rojo y blanco en la orilla del jardín que anunciaba su intención de vender.

Al mirar la prueba física de sus intenciones, la inundó una ola de nostalgia. Sus padres habían construido esta casa cuando ella apenas entraba a quinto de primaria. Era el único hogar que ella recordaba. Ésta sería la última vez que limpiaría las hojas o juntaría las nueces. Con la venta, una parte de su pasado pasaría al olvido.

Quizás fuera bueno, racionalizó. Dejar las memorias dolorosas en el pasado: las muertes de sus padres, su matrimonio con Gary, y su breve relación con Ramón. Su casa estaba llena de demasiados fantasmas.

Con un poco de suerte, vendería la casa para pagar la deuda de la mueblería antes de tiempo. Aunque la tienda estuviera prosperando, ella quería salir de Del Río dejando sus asuntos concluidos. Sus empleados eran más que capaces de manejar la tienda durante su ausencia. Y Mercedes había accedido a manejar la APA mientras Leticia estuviera ausente.

Enderezándose, tomó el mango del rastrillo para juntar un nuevo montón de hojas. Escuchó un coche pero no levantó la vista, decidida a terminar. Pocos coches pasaban frente a su casa los domingos por la mañana, y éste tampoco lo hizo. En cambio, escuchó cuando se paró en el acotamiento del camino.

Levantando la vista, vio un Saab negro estacionado en la orilla de su jardín delantero. No podía ser Ramón, se dijo. La engañaban sus ojos. Había otros Saabs negros en Del Río. ¿O no? Además, él siempre se metía en la cochera. Schultzy tuvo que haber visto el coche también, porque corrió hacia allá, ladrando.

El pánico se apoderó de ella. ¿Y si era Ramón?

Manteniendo la cabeza baja, a propósito pospuso saberlo. Si era Ramón, ella no sabría qué decir ni qué hacer. Y si no era él, entonces sería la tortura más cruel de todas.

Escuchó que se cerraba de golpe una portezuela. Schultzy dejó de ladrar. De haber sido un extraño, habría seguido ladrando. En ese momento, ella supo. Tenía que ser Ramón.

El movimiento y crujido de las hojas anunciaron su acercamiento. Schultzy corría adelante, regresando a ella y corriendo en círculos por la emoción, con su larga lengüita color rosa colgando. Cuando el pantalón de Ramón estuvo directamente frente a sus ojos, ella levantó la cabeza desganadamente.

Al ver de nuevo las fuertes facciones de su apuesta cara, ella sintió que su corazón saltaba, golpeando contra sus costillas como si fuera un pájaro enjaulado. Vestía un impecable traje con chaleco. Cada centímetro de su ser emanaba su éxito como político. Ella se preguntó si habrían pasado las elecciones ya, y si él habría salido electo. Muy a propósito, ella había olvidado la fecha en que se iban a llevar a cabo.

Parándose a unos cuantos pasos de ella, aventuró:

—Hola, Leticia. —mirando a su derredor, comentó—: Ya veo que estás trabajando en el jardín. De haber sabido, me habría vestido apropiadamente para ayudar.

—Hola, Ramón. —ella se apoyó contra el mango del rastrillo, pasando por alto su comentario respecto a ayudar en el jardín. Era incongruente que apareciera tan repentinamente en la vida de ella, ofreciéndose a ayudarla en sus quehaceres con tanta naturalidad.

El silencio se estiró entre ellos, vibrando con palabras no pronunciadas. Él movía los pies y despejaba la garganta. Schultzy se acercó, y él se puso en cuclillas para rascar las orejas del perro salchicha.

Al ponerse él de pie, cruzaron una mirada.

—No querrías tomar un respiro, ¿verdad? Me encantaría tomar una copa.

Ella lo miró de soslayo bajo el fuerte sol, silenciosamente reprochándolo por pedir una copa tan temprano en esta mañana dominical.

Él se peinó el cabello con los dedos.

—Supongo que una copa no es muy buena idea tan temprano. ¿Qué tal un vaso de agua?

Haciendo caso omiso de su petición, ella fue directo al meollo del asunto:

—¿Por qué estás aquí, Ramón? Pensé haber sido muy clara la última vez que estuviste aquí cuando dije…

—Sí, fuiste muy clara —interrumpió—. Dijiste que no querías volver a verme. Pero yo quería verte, Leticia. Te he extrañado.

—¿Ya terminaron las elecciones? ¿Ganaste?

—No, no han terminado. La elección primaria es la semana que entra.

—Y, ¿todavía sigues en campaña?

Bajando la mirada, él asintió con la cabeza.

—Entonces no tenemos nada que decirnos, Ramón. Y yo tengo mucho que hacer, así que si me hicieras el favor de…

—Largarme —terminó la oración por ella. Levantando la vista, ofreció—: Y te tengo algunas noticias. Se trata de ese tipo Backus que me pediste que buscara.

—¿Lo encontraste? Es que fue hace tanto tiempo, que yo lo había dado por olvidado, y su esposa también.

—Es que se mudó a Yucatán. Les llevó mucho tiempo a mis contactos localizarlo.

—¿Tienes su dirección?

—Mejor que eso.

—¿Qué quieres decir con eso?

—Mis contactos lo rastrearon hasta que violó la ley mexicana. Fue un delito menor, por borrachera en público y comportamiento indecoroso, pero suficiente para detenerlo. Está en la cárcel de Del Río, a tu disposición.

—Excelente —logró decir, sin querer estar en deuda con él—. Llamaré a Mercedes a primera hora mañana para que presente la denuncia en su contra. Gracias.

—Me dio gusto ayudar —dijo, rechazando su agradecimiento con un gesto de la mano—. ¿Te acuerdas cuando dije que por ti había yo hecho consciencia respecto a los padres que trataban de escaparse de sus obligaciones al esconderse en México? De ser elegido, voy a meter una nueva propuesta de ley para extraditar a ese tipo de hombres. Ni siquiera tendrán que violar la ley mexicana para ser detenidos —explicó, con un tono de orgullo.

—Creo que sería maravilloso, Ramón.

—Pero no cambia nada entre nosotros, ¿verdad?

—¿Estás haciendo campaña política para cambiar las leyes mexicanas, o para destruir las ambiciones de tu padre?

Frunciendo el ceño, admitió:

—Tú sabes la respuesta —se encogió de hombros—. De ser electo, quiero que mi cargo cuente para algo.

—Para tranquilizar tu consciencia —ofreció ella bruscamente. Tan pronto salieron las palabras de su boca, quiso morderse la lengua y partirla en dos. Esto era suficientemente difícil. No ayudaría en nada su amargura—. Perdón por decir eso, Ramón. No es mi lugar juzgarte. Me agrada que propongas legislación que ayude a traer a los padres irresponsables ante la justicia.

Como si sus palabras conciliatorias le dieran renovada confianza, él señaló con el pulgar hacia el letrero de bienes raíces.

—¿Estás vendiendo la casa?

Era la pregunta que ella había estado evitando. Sin confiar en su voz, asintió con la cabeza.

—Y vas a mudarte a otra parte —adivinó con tono acusador.

—Voy a volver a la universidad.

Se le oscurecieron los ojos color chocolate. Ella pensó entrever una pizca de arrepentimiento en sus profundidades, pero él se recuperó rápidamente, ocultándole su mirada a ella con su vieja y conocida facilidad.

—Por lo visto, tu tienda marcha bien.

—Así es.

—¿Vas a Austin entonces?

—No. He encontrado otro programa que me conviene más —jamás admitiría la verdad ante él: él había arruinado Austin para ella.

—Y, ¿qué pasará con APA? —preguntó.

—Mercedes ha aceptado manejarlo durante mi ausencia. Fue muy amable de su parte, considerando sus otras responsabilidades.

—Sí, fue muy amable de su parte —murmuró él. Luego miró alrededor del jardín como si lo estuviera viendo por primera vez, o tratando de grabarlo eternamente en su mente. A ella le habría gustado saber lo que estaba pensando, lo que estaba sintiendo.

¿Sería cierto que le dolía que la relación entre ellos hubiera terminado, o estaba ella proyectando sus propios sentimientos hacia él? Él dijo que la había extrañado. Pero no lo suficiente para dejar la elección. Mientras viviera para la venganza, ella sabía que jamás habría lugar para ella en su corazón.

—Bueno —titubeó—. Tienes mucho que hacer. Supongo que debo irme.

—Gracias por venir, Ramón, y por traerme la buena noticia. Yo sé lo ocupado que estás. Fue muy amable de tu parte —empezó a ofrecer su mano, pero luego cambió de opinión. Si lo tocaba, se perdería.

Él la miró directamente. Sus ojos ya no estaban ocultos. Franca desesperación y arrepentimiento emanaban desde lo más profundo de ellos. Su boca se movía, pero no salía palabra alguna. Apretó los labios, y el músculo brincó en su mandíbula.

—Espero que realices tus sueños, Leticia. Que Dios te acompañe.

—Ésta es una bajeza —Ramón se golpeó la palma de la mano con el puño y se puso de pie. Caminó detrás de su escritorio y espetó—: Hernández ha llegado a lo más bajo que ha podido.

—Los periódicos pronostican que vas a barrer con él en las elecciones primarias. Está desesperado —declaró Sosa.

—A mí no me importa lo desesperado que esté. Éste es el colmo. No voy a agacharme, sin luchar.

—Ser divorciado no es tan importante como hace años, especialmente entre el electorado joven —lo consoló Sosa.

Deteniendo su paso agitado, Ramón se inclinó sobre el escritorio, señalando el periódico con el dedo índice.

—El divorcio puede no ser cuestión de importancia. Sin embargo, mira como me describe el artículo, como pervertido o abusador de esposas. Insinúa que mi exesposa se escapó de mí por haber temido por su seguridad.

Sosa se encogió de hombros.

—Cuanto más sensacional, mejor. Tú sabes como son estas cosas.

—Pero yo no la ahuyenté. Ella se fue porque... porque... —levantó la mano y la dejó caer de nuevo—. ¿Por qué estoy defendiéndome?

—Estás tomando las cosas a pecho, Ramón. Tú sabes lo sucia que puede ser la política.

La cabeza de Ramón se levantó como disparada:

—No creo estarlo tomando a pecho. De verdad, creo que he sido demasiado buena gente con Hernández. Deberíamos haberle cortado la yugular justo después de lo que le hizo a Joaquín.

—Hicimos lo que creímos mejor para la campaña.

Pero Ramón no quiso ser apaciguado. La perfidia del hombre que era su padre natural jamás dejaba de asombrarlo. ¿Cómo podría Hernández mirarse en el espejo todas las mañanas, sin sentir ni pizca de arrepentimiento por haber abandonado a su único hijo? Y para colmo, no sentía ningún arrepentimiento después de usar cualquier táctica sucia que se le ocurriera.

—Si él puede atacar de manera personal, entonces también lo puedo hacer yo. Quiero sacar a relucir las circunstancias de mi nacimiento y lo que le hizo a mi madre. Vamos a ver qué les parece a la prensa y al partido su arrogancia de abandonar a mi madre embarazada.

Sosa respiró profundamente, conteniendo el aire. Levantándose, alzó las palmas de las manos.

—Espérate, Ramón. Vamos a pensar esto muy bien. Tratemos de ser razonables. Hernández sabe que has tratado de destruirlo políticamente durante años. También sabe que eres su hijo natural. ¿Por qué te tendría alguna consideración especial? Si puede sabotear tu reputación y ganar las elecciones, se sentirá justificado, sabiendo que tú habrías hecho lo mismo con él.

Gruñendo, Ramón reclamó:

—Es la lógica más retorcida que he oído en mi vida —levantando un puño, lo agitó—. Él me la debe. No es al revés. Él me abandonó y dejó a mi madre criarme sola. Debería arrodillarse ante mí para pedir mi perdón. Tengo todo el derecho del mundo para destruirlo. ¿No lo ves? Al sabotear mi reputación, es como si me apuñalara por la espalda una vez más.

—Sí que estás tomando todo esto de modo muy personal. —Sosa sacudió la cabeza—. Dudo que Hernández piense que te debe nada. Tú sabes como piensan éstos de la vieja escuela, Ramón. Tu madre no era de su misma clase social. No pudo casarse con ella, así que le dio dinero. A su manera de ver las cosas, cumplió con su deber.

—¿Sabes cómo me hace sentir eso? ¿Tienes alguna idea?

Sosa bajó la cabeza y desvió la mirada.

—Quizás fuera mala idea que tú fueras su contrincante. Yo pensé que querías la venganza de un hombre, no de un niño. Ganar las elecciones no borrará el dolor del abandono de tu padre. Y tampoco te devolverá a tu padre. Lo único que hará es darte la satisfacción de vencer a un hombre que pensó que era demasiado superior como para reconocerte —levantando su cabeza, miró directamente a Ramón, como si le tomara la medida—. Pensé que lo comprendías.

Confundido y desgarrado, Ramón se desplomó en la silla del escritorio y se cubrió la cara con las manos. Debería haber estado enojado con Sosa por decir que estaba reaccionando como un niño, pero las palabras del otro hombre le recordaban las palabras de Leticia. No podría seguir adelante con su propia vida mientras no soltara la venganza.

No, no era así. Levantó la cabeza y miró a Sosa. Era un adulto, no un niño. También tenía derecho a recobrar su maltrecho honor. Pero pelearía como hombre. Si Hernández peleaba sucio, él también lo haría. Si perdía, tampoco se iba a echar a llorar. Aceptaría su derrota como hombre.

—Quiero luchar contra el fuego con fuego. Aunque no estés de acuerdo con mis razones. Quiero desprestigiar a mi padre como él me ha desprestigiado a mí.

—Te puede salir el tiro por la culata, Ramón. La mancha de tu nacimiento ilegítimo, junto con el rechazo de tu exesposa. ¿Estás dispuesto a arriesgarlo?

—Sí.

—¿Me harías un favor?

—Si puedo.

—Permíteme filtrar las circunstancias de tu nacimiento a ciertos dirigentes del partido primero para medir sus reacciones. Y luego decidiremos qué hacer. ¿Estás de acuerdo?

—¿Tenemos tiempo?

—Nada más dame dos días.

—Tendrás tus dos días.

CAPÍTULO DIEZ

No le llevó dos días. El día siguiente, Rosa le pasó una llamada de parte de Mercedes Treviño. Levantando el auricular, Ramón dijo:

—¿Bueno?

—Ramón, mi hermano —lo saludó Mercedes—. Suena bastante extraño de mi parte, ¿verdad? —titubeó antes de exigir—: ¿Pudiste haber pensado en un modo más feo para declarar nuestro parentesco?

Sorprendido de que Mercedes estuviera enterada ya, Ramón contestó:

—Debes de tener buenos contactos para saberlo tan pronto.

—Mi padre y yo hablamos.

—Dichosa tú. Jamás me ha dado ni el saludo. Mi madre y yo éramos poca cosa para él.

Hubo un largo silencio al otro extremo de la línea. Finalmente, ella volvió a hablar:

—Así que todo esto se trata de una venganza.

—No es venganza —corrigió él, recordando su discusión con Sosa—. Se trata de recobrar mi honor y el honor de mi madre.

—Todo se reduce a lo mismo, hermano mío —bufó Mercedes—. Sabes —agregó en tono más ligero—, siempre te he admirado, Ramón. De más joven, hasta estuve encaprichada contigo. Lo que quiero decir es que me agrada tenerte como hermano. ¿No podríamos guardar el secreto en familia?

—Lo que quieres decir es que lo ocultemos, para que no se enlode el apellido de Hernández.

—Algo así.

—Puedo comprender que quieras discreción. Yo he guardado el secreto durante varios años. Ojalá tu padre hubiera guardado discreción en cuanto a mi anterior matrimonio.

—Tal para cual, ¿verdad? Papi te juega sucio, así que se lo devuelves.

—¿Por qué no? ¿Para qué me voy a quedar con los brazos cruzados dejando que abuse de mí?

Ella se quedó callada una vez más. Ramón supuso que estaba armándose de nuevos argumentos, pero cuando volvió a hablar se había moderado su tono amargo y tuvo un destello de súplica en la voz.

—No le hagas esto a nuestra familia, Ramón. Te lo suplico. Quiero ser tu hermana, llegar a conocerte como hermano. No pongas esta barrera entre nosotros, por favor.

—No tiene nada que ver contigo, Mercedes —suspiró Ramón—. Siempre me has caído bien, tanto antes como después que lo supe. Esto es entre mi padre y yo. Recuerda que él disparó el primer balazo. Yo no quería que analizaran mi anterior matrimonio en la prensa. Pero él no se detiene ante nada para salirse con la suya.

—Tienes razón en cuanto a que papi acostumbra a salirse con la suya —asintió ella—. Yo comprendo como te sientes. Pero si sacas todo esto a la luz, ¿no estarás comportándote exactamente como papi, sin detenerte ante nada para sacar tu venganza? Alguien tiene que terminar con esto, admitiendo que ya se ha hecho suficiente daño.

Él consideró su argumento. Primero Leticia, luego Sosa, y ahora Mercedes: todos parecían estarle diciendo que debería sobreponerse a sus sentimientos y desligarse de lo sucedido.

—Mira. Siento mucho que todo esto te esté afectando, Mercedes. No quise lastimarte, pero tú sabes como es la política. Todo vale y cuanto más escandaloso, mejor.

—¿No hay nada que pueda yo decir para impedir que saques esta noticia?

—No lo creo. Aunque todavía no es un hecho. Mi inclinación es seguir adelante y dejar que caiga quien caiga.

—Entonces lo siento por ti —respiró hacia el auricular del teléfono—. Siento mucho que tuvieran que llegar las cosas a este nivel. Papi es egoísta y egocéntrico. Debo saberlo. Quiero estar enojada contigo —admitió—, pero creo que también te comprendo.

—Gracias, Mercedes, por tu comprensión.

—Nada más que comprender tus sentimientos no significa que me dé por vencida. Si no por otra cosa, entonces por el bien de mi madre. Ella no sabe nada de ti, así que es una víctima inocente. Papi no la conoció hasta después de enviar fuera a tu madre —ella se detuvo—. Hasta el último momento antes del periodicazo, trataré de cambiar tu parecer.

Él se rió. Fue una risa seca y brusca, pero no recordaba ninguna otra ocasión en que se hubiera reído desde su rompimiento con Leticia.

—Ándale, hermana mía. Tú serás la voz de mi consciencia.

—Tienes que detenerlo, Leticia. No me hace caso —la voz en el teléfono declaró sin preámbulo ni saludo.

Sorprendida y confundida al principio, Leticia se repuso rápidamente:

—¿Eres tú, Mercedes? ¿A quién debo detener?

—Por supuesto que soy Mercedes —se oía exasperada—. Necesito que lo detengas antes de que saque un periodicazo sobre su nacimiento y el involucramiento de mi padre.

—¿Cómo? —Leticia sostuvo el aire—. ¿Lo sabes?

—Lo sé. Y dentro de muy poco, el mundo entero lo sabrá, si no logras detenerlo.

—Creo que no te comprendo, Mercedes.

—Todavía estás saliendo con él, ¿no? Creí que ya te lo habría contado todo.

Leticia cerró los ojos, luchando contra el dolor que le partía el corazón. Ella no quería ni pensar en Ramón y en su relación fracasada. Después de su visita inesperada el domingo anterior, había pasado dos noches quedándose dormida a lágrima tendida.

—Rompimos relaciones hace dos meses —logró decir.

—Ah —Mercedes sonaba sorprendida—. No lo supe.

—No se lo he dicho a nadie.

—¿Pero te importa todavía?

—Sí, me importa.

—Entonces puedes ayudarme, Leticia. Tenemos que convencerlo para que no filtre la noticia de su origen a la prensa.

—Y, ¿por qué haría eso?

—Para ganar la elección primaria y por venganza. Mi padre lo desprestigió en los periódicos, usando el que su exesposa lo abandonara.

—Ay, no, ¡eso no!

Leticia se desplomó sobre un banco de la cocina. La inundaron recuerdos de la habitación del hotel. Recordó el dolor en su cara y en su voz cuando le había contado lo de su exesposa y lo que había sucedido en su matrimonio. Con razón quería desquitarse.

—Yo sé que fue injusto de parte de mi padre, especialmente después de haber abandonado a Ramón. Lo único que le importa a papi es la política. Recuerda lo que te dije en el club —le recordó a Leticia—. Ahora entiendo por qué se metió Ramón en la política. Para él no se trata de poder; se trata de venganza. Ahora todo tiene sentido. Es algo que siempre me había preguntado.

—Sí, se trata de venganza —asintió Leticia—. Ramón admitió por lo menos eso conmigo. Y ahora tu padre le ha dado aún mayor razón para…

—Lo sé —la interrumpió Mercedes—. Entre ellos dos, han creado todo un desbarajuste —suspiró—. Clásico de los hombres echar a perder todo por su orgullo y sus cabezas duras. Y lo más triste es que están lastimando a gente inocente.

—Sí —Leticia cerró los ojos, luchando contra el llanto. Su amiga no sabía cuán verdaderas eran sus palabras.

—Yo no quiero que se desprestigie el apellido de la familia, Leticia. Yo sé que es egoísta de mi parte. Aún más, no quiero que mi madre salga lastimada. Ella no sabe de lo de Ramón. Sucedió antes de que mis padres se conocieran. No es justo para ella. Yo le he estado insistiendo a mi padre en que le diga todo antes de que ella lo lea en los periódicos. Debería habérnoslo dicho hace muchos años —respiró hondamente, declarando vehementemente—: ¡Maldito sea! A veces, odio a mi padre.

—Lo siento, Mercedes. Lo siento por la angustia que está provocando en tu familia —realmente lo sentía por Mercedes y por su madre. Eran inocentes. Pero una parte de ella permanecía leal a Ramón—. Ramón ha vivido con ese dolor durante mucho tiempo. Jamás ha podido perdonar a tu padre por abandonarlos a él y a su madre.

—Entonces, ¿crees que está justificado en desquitarse?

—No, no lo creo —titubeó, sin querer revelar los detalles privados de su relación con Ramón. Dadas las circunstancias, no era el momento para guardar secretos. Su amiga estaba pidiendo su ayuda—. De hecho, eso es lo que acabó con nuestra relación —admitió—. Quise que dejara la venganza y que se olvidara de la carrera política.

—Entonces, tratarás de convencerlo.

—Mercedes, ya lo intenté. Dos veces. Se negó a hacerlo las dos veces —reprimiendo un sollozo, confesó—: Él escogió la venganza por sobre nuestra relación.

—¿Le diste un ultimátum? —su amiga soltó un silbido bajo—. Jamás pensé que fueras capaz. Yo debería haber hecho lo mismo con Luis desde que nos casamos. Pero ahora es demasiado tarde.

A pesar de las lágrimas que le apretaban la garganta, Leticia sonrió débilmente ante el elogio de su amiga respecto a su valor.

—Jamás es demasiado tarde, Mercedes, si tú y Luis se quieren.

—Sintiéndote como te sientes, no te importará volver a hablar con Ramón —no le hizo caso al comentario de Leticia respecto a salvar su propio matrimonio—. Iremos juntas, si quieres. Entre las dos, creo que podemos hacerlo cambiar de opinión —ofreció.

Mercedes no sabía lo que pedía.

Otra confrontación con Ramón era lo último que quería Leticia. El domingo anterior la había devastado. Saber cuánto lo quería y que no lo podía tener era demasiado insoportable para ella. Después del domingo, había aceptado una oferta de compra por la casa de sus padres, y quería irse de Del Río con todo y sus recuerdos, tan pronto le fuera posible.

—No servirá de nada. No me escuchará. Y… y no quiero volver a verlo —ya lo había dicho, revelando su vulnerabilidad. Seguramente, su amiga la comprendería.

Pero Mercedes no comprendió.

—Leticia, haz esto por mí, aunque no creas que sirva de nada. Después de todo, estás en deuda conmigo —agregó bruscamente—, porque yo estoy cuidando lo de APA en tu ausencia.

Sorprendida por la poco delicada intimidación de su amiga, tenía ganas de decirle a Mercedes que se olvidara de APA. No era justo usar la organización para chantajearla para que se sometiera. Encontraría a otra persona para manejar la organización, pensó indignada, muerta de ganas de mandar a Mercedes al diablo. Pero reprimió su respuesta indignada, recordando toda la ayuda que le había dado Mercedes a lo largo de los años, así como el ofrecimiento tan generoso de supervisar a APA mientras ella regresaba a la universidad. De verdad, sí le debía mucho a Mercedes.

Y se habría dado prisa a cumplir con cualquier otro favor que le hubiera pedido su amiga. Aparte de esto. Enfrentarse con Ramón de nuevo le rompería el corazón, despedazándolo en trizas tan pequeñas que probablemente jamás sanarían. Demasiadas pérdidas. Meneó la cabeza. Toda la gente que ella quería salía perdiendo.

Sacudió la cabeza de nuevo, para despejar los pensamientos. La lástima de sí misma no era la respuesta. Su relación con Ramón había sido construida sobre una base de arena movediza, y ella lo había sabido desde el principio. La mera atracción física no era suficiente. Pero se había enamorado de él de todos maneras, justo como lo había temido. Sin embargo, él no se había enamorado de ella. Era hora de enfrentarse con esa verdad y seguir adelante con su vida.

En silencio se aconsejó tomar su propio consejo. Igual que le había dicho a Ramón que soltara su pasado, ella tenía que hacer lo mismo. Quizás al enfrentarse de nuevo con él, podría liberarse. Valía la pena intentarlo. Y Mercedes la necesitaba.

Lo que quería hacer Ramón era cruel. Independientemente de lo que le había hecho su padre. Sus padres habían enseñado a Leticia que el fin no justificaba los medios. No era justo para Mercedes ni para su madre. Ramón, de ser posible, tenía que ser detenido. Si su influencia servía para convencerlo, entonces lo intentaría de nuevo.

—Está bien. Pero comprende que no estoy accediendo porque me amenaces. Estoy accediendo porque es lo correcto.

—Ay, Leticia, no hay palabras para agradecerte. Y...perdón por lo que dije de APA. Tienes razón, y no debía haberlo dicho. Fue una bajeza de mi parte, pero estoy desesperada.

—Está bien. ¿Cuándo y cómo nos enfrentaremos con él?

—Mañana en su oficina a la hora de comer. Papi y Ramón están programados a debatir en la plaza, así que sé que estará en su oficina. No podemos darnos el lujo de esperar más. Si va a soltar la nota, será pronto. La elección primaria es el próximo sábado.

—Ahí estaré.

—Nos vemos mañana.

Leticia volvió a poner el teléfono en su lugar. Mirando hacia la superficie del objeto, los pensamientos corrieron por su mente a mil por hora. ¿Había hecho lo correcto al acceder a ayudar a Mercedes, o no? Volvió a repasar todas sus razones, tratando de asegurarse.

Había una razón que había esquivado... y era la que no quería aceptar. La llamaba, brillando justo fuera de su alcance, como un espejismo en el desierto, impulsándola hacia adelante. Y no había nada noble ni altruista en su promesa.

Ella quería que Ramón cambiara su decisión... por ella.

—No puede usted pasar —Ramón escuchó la voz levantada de Rosa desde la recepción—. El licenciado Villarreal no está aceptando citas con nadie. Está muy ocupado, preparándose para el debate político en la plaza.

—No tardaremos ni un momento. A nosotras nos verá —reconoció la voz de Mercedes. Dándose cuenta de que Rosa jamás podría combatir a su resuelta hermana, se levantó a esperar su entrada. Pero ella había dicho "nosotras." ¿Quién podría estar con ella?

Esperaba que no fuera a ser la madre de ella, sintiendo una sensación extraña en la boca del estómago. No quería enfrentarse con la señora Hernández. No estaba orgulloso de lo que le estaba haciendo a Mercedes y a su madre. No merecían ser lastimadas. Se había armado de un valor de acero para no escuchar las súplicas de su hermana.

Se abrió de pronto la puerta, y Mercedes entró de prisa. Mirando más allá de ella, se le trabó la respiración en la garganta. La sensación que había sentido anteriormente en la boca del estómago se intensificó, como si se hubiera caído de un avión sin paracaídas.

Leticia estaba con Mercedes. No había esperado volver a verla, no después del domingo pasado. No había dormido desde que la había visto la última vez, y justificaba su insomnio con trabajo las veinticuatro horas del día, preparando los últimos días de la campaña. El trabajo sólo era un pretexto. Él no podía quitarse la imagen de ella de la mente, parada desafiante y orgullosa, con su cara manchada por el trabajo de juntar las hojas, pidiéndole que se fuera.

Ese día se le había partido el corazón… por ella … por ellos. Por lo que pudo haber sido. Había tenido que usar hasta el último gramo de fuerza de voluntad para no tomarla entre sus brazos y besarla como un loco. No sabía si podría alejarse de ella de nuevo.

Poniéndose una sonrisa de plástico en la cara, logró decir:

—Mercedes, Leticia, ¿a qué se debe esta agradable sorpresa? —como si no supiera—. ¿Están aquí para desearme suerte en este debate?

—Ramón, no seas ridículo —replicó Mercedes—. Y puedes borrar esa sonrisa de político. Tú sabes perfectamente bien por qué estamos aquí. Hasta te lo advertí.

—Así es, hermana mía.

—No me llames hermana si piensas desprestigiar la reputación de mi familia.

—La reputación de *nuestra* familia —corrigió—. ¿Nunca te han dicho que puedes atraer más moscas con la miel que con vinagre, Mercedes? Lo único que vas a lograr con tus regaños es reforzar mi decisión —volteando hacia Leticia, hizo una reverencia—. Leticia, me agrada verte —dijo, medio mintiendo y medio diciendo la verdad.

Su mirada ámbar se clavó en él. Como si él hubiera tocado un contacto eléctrico, su cuerpo respondió, tomando vida propia, anhelando ser tocado por ella, sentirla entre sus brazos. Imágenes medio formadas inundaron su mente, simultáneamente eróticas y tiernas. La deseaba tanto que le dolía. Jamás había conocido a una mujer como ella, generosa y espléndida, cálida y chistosa, y tan sensual.

—Me da gusto verte también —su voz melodiosa evocaba más recuerdos, momentos íntimos de pasión compartida y de ternura.

Cerró los ojos durante un breve momento, luchando contra el magnetismo de sus emociones. Si no dejaba de pensar en cosas atormentadoras, no podría sobrevivir esto.

—¿No nos vas a invitar a sentarnos? —exigió Mercedes.

Como si despertara de un sueño, recobró su concentración, apartando las memorias agridulces de su mente.

—No, Mercedes —tomó una rápida decisión—. No te voy a invitar a sentarte. De hecho, quiero que esperes afuera. Ya me has dicho tu opinión. Te la respeto. Pero quiero hablar en privado con Leticia.

Mercedes abrió la boca, pareciendo un pez enorme fuera del agua, y luego la cerró. Su mirada lo barrió, y luego miró de reojo a Leticia. Agitando la cabeza, asintió.

—Está bien. Esperaré afuera —volteando, salió de la oficina.

Suspirando con alivio, ofreció él:

—Por favor, Leticia, toma asiento.

—No, prefiero permanecer de pie. Me doy cuenta que no tienes mucho tiempo —dijo, mirando su reloj de pulsera.

—No te preocupes por la hora. Quiero hablar contigo. Sé por qué has venido, aunque pensé que había oído todos tus argumentos.

—Suena cruel, Ramón.

—No fue mi intención.

Ella se apoyó en el respaldo de la silla; sus nudillos blancos contrastaban contra la superficie obscura.

—No te volveré a aburrir de nuevo con las razones por las que no deberías seguir con la campaña. Mercedes me dijo lo que piensas hacer, lo de anunciar las circunstancias de tu nacimiento. Tienes que saber que desapruebo que lo hagas.

—¿Por qué? Mi padre me desprestigió.

—Estoy segura de que lo has oído antes. Pero volveré a decirlo: el fin no justifica los medios.

—Y, ¿qué de los medios que él ha usado?

—No vamos a llegar a ninguna parte con esto —suspiró ella—. No puedo decirte cómo vivir tu vida. Lo único que te puedo decir tiene que ver conmigo.

—Quiero saber de ti.

Ella levantó una delgada mano y la dejó caer, como gesto clásico de resignación.

—Yo también estuve amargada. Y temerosa. A todos los que he amado, los he perdido. Cuando tú quisiste salir conmigo y aclaraste desde el principio que jamás sería nada permanente, estuve tentada pero temerosa. A pesar de mis temores, me lancé. Llámame estúpida, pero quise seguir adelante, y no hacia atrás.

—Fue valiente de tu parte. Y no digas que eres estúpida. Eres una de las mujeres más inteligentes que he conocido jamás.

Meneó la mano ella como para restarle importancia.

—Es amable que lo digas. Cuando se terminó nuestra relación…

—Porque tú la terminaste.

—Sí. Yo la terminé —asintió ella—. Porque yo no podía competir con tu pasado. Tú cargas con tu pasado como si fuera una antorcha sagrada, con un fuego que abrasa —ella se detuvo, respirando profundamente—. No pude competir, así que me quité del camino.

—Que no fue valiente de tu parte —la juzgó él.

—Quizás no. Pero fue realista.

Cuando ella volteó a mirarlo, él pudo descubrir en sus ojos abierta adoración. Viendo el amor en sus ojos, él se sentía como si ella acabara de darle una patada en sus partes nobles.

—Te amo, Ramón —admitió ella—. Por fin, ya no tengo miedo de decirlo y enfrentarme a las consecuencias. Porque verás, si voy a dar consejos, entonces tengo que estar dispuesta a aceptarlos también. Yo te amo, pero tú no me amas a mí. Necesito seguir adelante y dejar lo nuestro en el pasado para continuar viviendo. El pasado está muerto, Ramón —declaró ella secamente—. Lo único que cuenta es el futuro.

Su confesión lo golpeó, pegándole como un puñetazo en las vísceras. Luego lo invadió una sensación cálida, aumentando dentro de él. ¿Cómo podía estar tan segura de que él no correspondía a su amor? ¿Porque no había dejado su venganza o porque no había confesado jamás sus sentimientos?

Eres un imbécil, Ramón Villarreal, se dijo en silencio.

Él quería decirle cuánto la amaba, pero el miedo se lo impidió. ¿Habrían matado sus acciones tan egoístas y desconsideradas el amor de ella? ¿Lo amaría ella todavía? ¿O la habría perdido por su ceguera egoísta? La idea de su amor lo sacudió, despejando su mente, reviviendo viejos deseos, haciendo fácil su decisión.

De repente, la campaña y la venganza pasaron a segundo plano, desvaneciéndose en polvo. Leticia lo amaba, o lo había amado. Y, si lo había amado una vez, él recobraría ese amor. Él quería tener una familia, una verdadera familia. Era lo que había querido toda la vida. Se amarían, y juntos formarían una familia.

Era la promesa más dulce y tentadora de su vida.

—Tú ganas, Leticia —capituló, sabiendo que era lo que él realmente quería. Apartando sus viejos temores de abandono, se dijo que si ella podía ser valiente, entonces él también. Podrían volver a empezar, juntos.

—No voy a manchar el apellido de la familia Hernández. Tienes mi palabra de honor —titubeando, agregó—: Pero hay una condición. Se divulgaron mis secretos; ya es hora de enterrar todos los viejos secretos —hizo una pausa—. Parte de la razón por la que viniste hoy fue para ayudar a Mercedes y a su familia, ¿no?

La sorpresa, seguida por la aceptación, brillaron en las profundidades de los ojos felinos color ámbar de Leticia.

—Sí, tienes razón —luego su cara se cubrió con una expresión de confusión—. No sé a qué te refieres cuando dices "viejos secretos".

—Lo entenderás, Leticia. Por favor, comprende. No estoy haciendo esto por el deseo de retribución. Te has culpado durante demasiado tiempo respecto al rompimiento de tu matrimonio. Es hora de saber la verdad.

Dando la vuelta al escritorio, pasó al lado de ella. Ésta era la parte difícil, y él lo sabía. Sus brazos ardían por el deseo de abrazarla, y su garganta se esforzaba por reprimir el deseo de decirle cuanto la amaba. Pero primero, el pasado tenía que corregirse. Si iban a volver a comenzar para hacer una vida juntos, entonces ella tenía que saberlo todo.

Abriendo la puerta de su oficina, asomó la cabeza hacia afuera.

—Mercedes, ¿podrías volver a entrar?

Levantándose del sofá donde había estado sentada, su media hermana reflejaba en sus facciones tanta esperanza como confusión. Entrando de nuevo a la oficina, ella miró de reojo a Leticia y luego dirigió su atención hacia él.

—Has cambiado tu decisión. No vas a filtrar la noticia —dijo esperanzadamente.

—Correcto —no sólo había cambiado de parecer respecto a la noticia, queriendo a Leticia y una vida juntos, sino que había cambiado su decisión respecto a la campaña. Pero ya había lastimado suficientemente a Leticia con vagas promesas. Necesitaba validar sus intenciones—. Pero hay una condición.

Mercedes frunció el ceño y miró en dirección a Leticia de nuevo. Leticia meneó la cabeza.

—¿Qué es lo que quieres, Ramón? —preguntó Mercedes.

—Que le digas la verdad a Leticia. Ella vino hoy para ayudarte a ti y a tu familia porque pensó que era correcto hacerlo. Se ha culpado por el rompimiento de su matrimonio, por los celos irracionales de su marido. Creo que ya es hora de explicarle lo que realmente sucedió.

Jadeando, Mercedes cerró los ojos durante un momento y luego se tapó la cara con sus manos.

—No me hagas hacer esto —murmuró.

—Pensé que Leticia era tu amiga —señaló él.

—Pero eso fue en el pasado. Se acabó. ¿De qué sirve?

—El pasado tiene la mala costumbre de seguir nuestros pasos, Mercedes. Tú debes de saber eso. Nos hace tomar decisiones tontas, si no lo exorcizamos —hizo la analogía—. Creo que le debes una explicación a Leticia —repitió él.

Echando un vistazo en dirección a Leticia, vio la confusión en su cara, y pudo palpar los pensamientos que cruzaban por su mente.

—Yo tuve un desliz con tu exmarido —dijo bruscamente Mercedes, dejando caer sus manos de la cara, pero manteniendo esquiva la mirada—. Estaba muy sola porque Luis viajaba tanto por los negocios. No fue mi intención que sucediera. Fue simplemente una de esas cosas —terminó débilmente. Desplomándose en una silla, murmuró—: Estoy tan avergonzada por como salieron las cosas —levantó la cabeza y por fin miró a Leticia—. Gary se puso irracional. Quería que los dos nos divorciáramos. Quería ahuyentarte. Yo no quise casarme con él... nada más... —levantando las manos, palmas hacia fuera, suplicó—: He tratado de compensarte por eso. Tienes que creerme.

Leticia se quedó perfectamente quieta, con su espalda rígida y sus manos entrelazadas fuertemente. Sus facciones se habían convertido en piedra. Su boca generosa se había reducido a una línea delgada y blanca. La angustia de la deslealtad quemaba en la profundidad de sus ojos color ámbar. Miró fijamente a Mercedes como si ésta estuviera en exhibición en un zoológico.

Ramón atravesó el cuarto para llegar al lado de Leticia, y tiernamente colocó su brazo alrededor de su hombro. La piel del brazo de ella parecía hielo. Girando la cabeza en dirección a Mercedes, miró hacia la mano de él con absoluta repugnancia, como si fuera una viuda negra paseando por su brazo. Con una sacudida de su torso, se libró de él.

Él dejó caer su brazo y retrocedió unos pasos. Le surgió un destello de temor que corrió por todo su ser. Se había imaginado que esto sería difícil para ella. Había pensado largamente antes de decirle la verdad desde la primera vez que habían tenido relaciones íntimas. ¿Habría cometido otro estúpido error, lastimándola desmedidamente? ¿Podría llegar a culparlo a él junto con Mercedes?

Sin hablar, ella volteó y corrió de la oficina, cerrando la puerta de golpe al salir.

Asombrado por su reacción, él corrió tras ella. Su hermana lo detuvo, colocando la mano sobre su brazo al declarar ásperamente:

—¿Así que decidiste llevar a cabo tu venganza conmigo en lugar de con papi? Espero que estés contento ahora, Ramón. Mira como la lastimaste.

Sus palabras lo golpearon. Silenciosamente, se maldijo. ¿Hubo realmente alguna motivación oculta tras su deseo de que Mercedes se confesara con Leticia? De haber sido así, era peor que idiota. Era un desgraciado.

Pero ése no había sido su motivo para hacerlo. No. Es que ya no podía dejar que Leticia aceptara la culpa por el fracaso de su matrimonio, al igual que él no podía seguir culpándose por el fracaso del suyo propio.

Enderezando los hombros, miró directamente a los ojos de su hermana.

—No te pedí que se lo confesaras por mi necesidad de venganza, Mercedes, pienses lo que pienses. Yo amo a Leticia y quiero hacer una vida con ella. Ella tenía que saberlo. Quiero que llegue a nuestro matrimonio enterita, no temerosa y con dudas.

Mercedes lo miró; el asombro cubría sus facciones. Él pasó al lado de ella y salió velozmente de la oficina. Corriendo ante el espanto de Rosa, abrió la puerta hacia la calle.

Justo a tiempo para ver a Leticia alejándose en su Toyota.

Ramón Villarreal subió al podio. Parte del público aplaudió, agitando pancartas caseras con su nombre y lemas proclamando una nueva y progresista legislatura. Viendo los resultados de su tarea, sintió un dolor profundo. Tantos errores. Había cometido tantos errores, como permitir a toda esta gente creer que había hecho toda una campaña para darles una nueva época en la política nacional, cuando lo único que había querido era vengarse. Sus acciones habían sido casi criminales, pero no del todo.

Hoy era el día en que iba a aclarar las cosas.

Levantando las manos sobre su cabeza, las volteó palmas hacia afuera, pidiendo que se calmara el público para tener silencio y poder hablar. Lentamente, los gritos callaron, convirtiéndose en un zumbido bajo. En el relativo silencio, oyó algunos abucheos y silbidos de parte del lado opositor.

Con las manos todavía levantadas, giró de lado a lado, esperando que el público se calmara. Vio a Sosa atrás y lo saludó con un movimiento de la cabeza. Antes de ascender al podio, le había dicho a su jefe de campaña lo que pensaba hacer. Sosa no lo había creído al principio, pero no hubo tiempo para explicárselo. Su gesto fue para reconfirmar sus intenciones.

Sosa levantó una mano y la dejó caer, señalando su resignación. Frunció el ceño y miró hacia el sol con los ojos entrecerrados. Ramón sabía que no estaba contento ante el cambio, pero habría otras campañas políticas. Ramón sólo tenía una vida, y ya había desperdiciado suficiente tiempo.

—Paisanos. Me presento ante ustedes con tristes noticias pero con esperanza de un día más feliz —hizo una pausa, habiendo aprendido a esperar al eco del micrófono—. Después de pensarlo largamente, he decidido hacerme a un lado para darle todo mi apoyo a mi estimado opositor, Carlos Hernández. Les puedo asegurar que el señor Hernández, basado en su extensa experiencia al servicio del pueblo, los llevará hacia un futuro brillante y progresista. Muchas gracias, mis queridos paisanos, por su apoyo.

El público recibió la noticias en desacostumbrado silencio, estirándose hacia adelante como si trataran de comprender sus palabras. Dando un paso desde atrás del podio, Ramón se dobló de la cintura hacia abajo, en reverencia, y lo hizo varias veces. Las murmuraciones de la gente empezaban a sonar más fuertemente, como si por fin hubieran entendido lo que había sucedido. Abucheos y rechiflas, mezcladas con algunos aplausos, alcanzaron sus oídos. La mayoría de la gente simplemente movía los pies y miraba al foro, pareciendo totalmente confundidos. Varias de las pancartas que lleva-

ban su nombre desaparecieron discretamente entre el
público.

Volteando tensamente del frente del foro, caminó al
otro lado para darle la cara a su padre, con la mano
extendida. Su padre se levantó, y su expresión era una
mezcla de confusión con desconfianza. Sus miradas se
encontraron, y permanecieron fijas durante lo que
pareció una eternidad. Dos pares de oscuros ojos color
café mirándose recíprocamente. Ramón se vio a sí
mismo como se vería en unos veinticinco años. Se preguntó por qué nadie había notado antes el parecido
entre ellos.

Fue su padre quien rompió el silencio entre ellos,
moviéndose hacia adelante, ignorando la mano tendida. Tomando a Ramón entre sus brazos, lo abrazó
como un padre abraza a un hijo. Sofocado por las emociones demasiado enormes como para discernir,
Ramón devolvió el abrazo de su padre. Sus ojos se
llenaron de lágrimas, y se le cerró la garganta.

—Tu espíritu tan generoso me avergüenza, Ramón
—susurró su padre—. De aquí en adelante, con orgullo
te llamaré mi hijo.

Leticia se puso de puntillas, esforzándose para ver
dentro de su alacena. Dándose cuenta de que la cocina
ya estaba oscura, dejó la alacena para atravesar el cuarto y prendió la luz. Los días eran más cortos ahora, y
anochecía muy temprano.

Con la venta de la casa, necesitaba decidir lo que iba
a llevarse y lo que iba a dejar almacenado. Era una
enorme tarea. Como la cocina tenía la mayor parte del
exceso de cosas, había decidido atacar primero por ahí.
Había esperado que el trabajo le distrajera la mente de
la revelación de Mercedes y del papel que Ramón había
desempeñado en ella. Pero no era así.

Recostada contra la barra de la cocina, cruzó los brazos sobre su torso como si se abrazara a sí misma, dese-

ando que su dolor se desvaneciera. Era difícil aceptar lo que había hecho Mercedes. Aunque todo hubiera quedado en el pasado y a ella se le hubiera pasado lo de Gary, le costaba trabajo creer que su amiga pudo haberle sido tan desleal. Ella sabía que con el tiempo podría perdonarla, pero jamás lo podría olvidar.

Suspirando, volteó y miró por la ventana de la cocina hacia las ramas desnudas del viejo nogal. El árbol le recordó a Ramón. Todo le recordaba a Ramón. Por eso le agradaba la idea de irse y volver a empezar.

¿Por qué le había parecido tan importante que Mercedes confesara? La pregunta la atormentaba. Casi deseaba no haberle dicho que lo amaba. Qué patética tuvo que haber parecido. Después de abrirle el corazón al admitir que sabía que él no la amaba, él la había hecho pedazos probándole que su exmarido tampoco la había amado.

Sonó el timbre de la puerta, espantándola y haciendo que Schultzy, que había estado acostado en un rincón, ladrara. Se preguntó quién podría ser. No esperaba a nadie. Había sido un gran alivio cuando la casa se hubo vendido. Ya estaba cansada de mostrarla durante los fines de semana y en las noches.

Volteando, miró por la ventana de la cocina y vio el Saab negro de Ramón estacionado en la cochera. Su corazón retumbaba y se le retorció el estómago. ¿Por qué estaba aquí? Probablemente para ofrecer una disculpa por la sórdida confesión de Mercedes.

Ella cerró los ojos y se apoyó contra el fregadero. No tenía ganas de escuchar sus disculpas. No quería ni verlo. ¿Qué más podía él decir? Si estaba callada y no contestaba la puerta, podría pensar que no estaba en casa y se iría. Conteniendo la respiración, se alejó de la ventana y esperó.

Sonó de nuevo el timbre de la puerta. Esta vez era un zumbido largo como si a propósito estuviera oprimiendo el botón sin soltarlo. Ella cerró los ojos y se tapó los oídos con las manos, deseando que se fuera. Aun con los oídos tapados, podía escucharlo golpeando a la puerta, gritando:

—Leticia, por favor, ven a la puerta. Yo sé que estás ahí. Tu coche está en el garaje.

Dejando caer las manos, ella murmuró una blasfemia. Siguiendo los pasos de Schultzy, atravesó la cocina y entró en el recibidor. Abriendo la puerta, furiosa, le devolvió el grito:

—Ya vete, Ramón. No quiero verte.

Pero él fue demasiado veloz y demasiado fuerte. Colocando su mano sobre la puerta a medio abrir, la empujó para abrirla más mientras ella trataba de cerrarla en su cara.

—No lo hagas, Leticia.

—¿Por qué no? No tengo nada que decirte. ¿No deberías andar por ahí en tu campaña o algo? Y suelta mi puerta —exigió coléricamente.

Él bajo la mano de la puerta, obedeciéndola. Fue entonces que ella levantó la cabeza para mirarlo. Había una expresión inconfundible de arrepentimiento en sus facciones. El corazón de ella se suavizó un poco.

—Por favor, Leticia, perdóname por lo de hoy en la tarde. No fue mi intención lastimarte, sino liberarte.

—¿Liberarme de qué? —respondió ella.

—Del dolor de tu pasado.

—Por favor, no vayamos a ser melodramáticos. Y tú no eres nadie para hablar. Te concedo que accediste a parar la campaña sucia después de suplicártelo Mercedes y yo. Pero cobraste muy cara tu cooperación.

Pasando por alto su acusación, preguntó:

—¿Puedo pasar?

—¿Para qué?

—¿No te importa lo que pensarán los vecinos? —trató de sonreír, un medio intento de aligerar el ambiente.

Ella se encogió de hombros.

—Ya me voy a mudar. ¿No te fijaste en el letrero en el jardín que dice que ya está vendida la casa?

—Me fijé —dijo, fijando la vista en ella. El corazón de ella dio una curiosa marometa, y ella desvió la mirada.

—¿Cómo puedo localizarte? —la voz de él suplicaba.

—Creo que has hecho lo suficiente por un día, Ramón. La relación entre nosotros se ha terminado. ¿No lo puedes comprender?

—No, no puedo. Hoy me dijiste que me amas, Leticia. ¿Es cierto?

—Es cierto —dijo ella, cruzándose de brazos.

La punzó un dolor terrible. ¿Cómo podía haberla hecho volver a decirlo? ¿Encontraba algún placer en humillarla? Pero ella no podía ser más que honesta. Sus padres le enseñaron muy bien.

—Leticia, es que yo también te amo.

El dolor se extendió y se profundizó como si alguien hubiera lanzado un cuchillo dentro de su corazón y lo estuviera moviendo de lado a lado para hacer la herida lo más grande posible. ¿Cómo podría decirle semejante cosa? Ella jadeó, luchando contra las lágrimas que tenía en el fondo de la garganta. ¿Sería solamente otra prueba sádica como la que había usado en su oficina? ¿Esperaba que se arrodillara ante él?

De repente, él la rodeó, tomándola entre sus brazos, acurrucando la cabeza de ella contra su hombro. Ella levantó los brazos y empujó sin efecto contra su pecho duro como una roca. Él no se movió. Lentamente, el calor de su cuerpo la envolvió, desvaneciendo su dolor. Contra su voluntad, ella se dejó apretar entre sus fuertes brazos y sollozó contra su hombro.

La mano de él se levantó y le acarició el cabello. Ella se acurrucó en el hueco de su cuello, arqueándose ante la sensación de sus manos sobre ella. Hambrienta, muerta de deseo. Tan hambrienta de ser tocada por él. Había pasado tanto tiempo.

—Te amo, Leticia —repitió él—. Creo que te amé desde el principio, pero estaba demasiado dolido y lastimado para darme cuenta —suspiró contra el cabello de ella—. Tú tenías razón. Estaba yo aferrado a mi doloroso pasado, cerrándome a todo lo demás. Temeroso de seguir adelante —su voz se quebrantó y murmuró—. Temeroso de amarte. Seguro de que mi venganza sería suficiente. Pero no era suficiente, Leticia, ni siquiera estaba cerca de serlo. Tú me hiciste ver eso.

La esperanza aumentaba en su corazón. Levantó la cabeza para mirarlo. Liberando las manos, ella trazó toda la suavidad de su boca carnosa. Siguiendo su paso, él bajó la cabeza y capturó la boca de ella con la suya. Sus labios quedaban perfectamente juntos, como dos piezas de un rompecabezas, amoldándose tiernamente. Suavemente, él exploró sus labios con los de él. Reverentemente y con una especie de asombro, la reclamó.

Cuando él interrumpió su beso, admitió:

—Te extrañé tanto. Tuve que usar toda mi fuerza de voluntad para continuar con la campaña. Cuando me dijiste que me amabas hoy, lo supe. Supe lo que realmente quería. Nos quiero juntos, formando una familia, una verdadera familia —deteniéndose, agregó—: Forcé a Mercedes a confesar, aunque supiera que te iba a lastimar. Pero era por buenas razones, Leticia, tienes que creerme. Quise que fueras liberada de tus dudas y tus autorecriminaciones. Libre para empezar una nueva vida conmigo.

Ella retrocedió, descansando su mirada sobre la amada cara de él.

—Pero Ramón, ¿qué habrá de mi escuela y de tu campaña? ¿Cómo podemos estar juntos?

Tomando las manos de ella entre las suyas, él las llenó de besos.

—Espera. Tengo algo para ti —apartándose de ella, salió y recogió una caja blanca de florería.

Ramón y sus flores, pensó ella, emocionada por la atención, pero todavía algo desconfiada, preguntándose cómo podrían sobreponerse a sus diferentes estilos de vida para forjar un futuro juntos.

—Ábrelo.

Haciendo lo que pedía, abrió la caja y miró hacia adentro. Sobre un lecho de papel de china había unas delicadas orquídeas rayadas de color oro.

—Son hermosas, Ramón. Gracias, pero…

—Ándale. Déjame ayudarte con ellas —ofreció, levantando una de las frágiles flores—. Vamos a meterlas en agua.

—Está bien.

Volteando, caminó hacia la cocina con Ramón tras ella. Ante el fregadero, encontró un tazón y lo llenó con agua para que flotaran las orquídeas. Con él observándola, levantó la tercera y última flor de la caja. Medio escondida en el papel de china había una pequeña cajita azul. Leticia reconoció lo que era: una caja para anillo.

Se le paró el corazón.

—Ábrela —le dijo.

Con dedos temblorosos, agarró la pequeña caja. Tan pequeña, pensó, pero llena de tanta esperanza. Con un poco de presión de sus dedos, la cajita se abrió con facilidad y reveló un anillo de compromiso con un diamante brillante.

—Ay, Ramón —volvieron a brotarle las lágrimas, y esta vez no las pudo controlar. Recorrieron su cara como arroyuelos salados, provocándole hipo.

Él tomó sus manos de nuevo y se arrodilló ante ella sobre el duro linóleo del piso de la cocina.

—Leticia Rodríguez, sería mi más grande honor que accedieras a ser mi esposa. He renunciado a la campaña, declarando mi apoyo a favor de mi padre. Nos hemos reconciliado, hasta cierto punto. Dijo que estaba orgulloso de llamarme hijo.

—Ay, Ramón —repitió ella sofocadamente.

—Lo único que quiero es nuestro futuro juntos, pero sé que quieres regresar a la universidad. No impediré que realices tu sueño, preciosa. Es una lección que he aprendido muy bien. Sé que mencionaste que querías ir a otra escuela, ¿pero considerarías la Universidad de Texas? Me han ofrecido un profesorado temporal para hablar sobre el TLC —sonrió, revelando el hoyuelo que había ganado su corazón.

Amándolo por sacrificar todo para que pudieran estar juntos y emocionada por su consideración, su corazón se llenó de alegría temblorosa. Extendiendo la mano, acarició su cara, memorizando con las yemas de sus dedos todas sus amadas facciones.

—Ramón Villarreal, será un honor ser tu esposa.

FIN

¡Esté pendiente de estas nuevas novelas románticas de Encanto!

__Serenata/Serenade
por Sylvia Mendoza
0-7860-1096-7   **$5.99**US/**$7.99**CAN

__Soñando contigo/Dreaming of You
por Lynda Sandoval
0-7860-1097-5   **$5.99**US/**$7.99**CAN

__Corazón de oro/Heart of Gold
por Elaine Alberro
0-7860-1060-6   **$5.99**US/**$7.99**CAN

__La sirena/Sea Siren
por Consuelo Vasquez
0-7860-1098-3   **$5.99**US/**$7.99**CAN

Llame sin cargo al **1-888-345-BOOK** para hacer pedidos por teléfono o utilice este cupón para comprar por correo.

Nombre _____

Dirección_____

Ciudad _____Estado _____ Código postal _____

Por favor, envíenme los libros que indicado arriba.

Precio de (los) libro(s) $_____
Más manejo y envío* $_____
Impuesto sobre la venta (en NY y TN) $_____
Cantidad total adjunta $_____

*Agregue $2.50 por el primer libro y $.50 por cada libro adicional.

Envíe un cheque o *money order* (no aceptamos efectivo ni *COD*) a:
**Encanto, Dept. C.O., 850 Third Avenue,
16th Floor, New York, NY 10022**

Las precios y los números pueden cambiar sin previo aviso.
El envío de los pedidos está sujeto a la disponibilidad de los libros.

¿CREE QUE PUEDE ESCRIBIR?

Estamos buscando nuevos escritores.
Si quiere escribir novelas
románticas para lectores hispanos,
¡NOS GUSTARÍA SABER DE USTED!

Las novelas románticas de Encanto giran en torno a dos protagonistas hispanos—un hombre y una mujer—y reflejan con autenticidad la cultura de Estados Unidos. El foco principal de la trama debe ser el romance y las relaciones entre los personajes. Desarrolle el romance al principio de la novela y mantenga simple la trama. La mayoría de la trama, o toda, debe tener lugar en Estados Unidos, pero algunas partes pueden ocurrir en un país de habla española.

QUÉ DEBE ENVIAR

- Una carta en la que describir lo que usted ha publicado anteriormente o su experiencia como escritor o escritora, si la tiene.
- Una sinopsis de tres o cuatro páginas en la que describa la trama y tres capítulos consecutivos. El manuscrito final debe tener unas 50,000 palabras (aproximadamente 200 páginas a doble espacio, escritas a máquina o en computador).
- Un sobre con su dirección con suficiente franqueo. Indíquenos si podemos reciclar el manuscrito si no lo consideramos apropiado.

Envíe los materiales a: Encanto, Kensington Publishing Corp., 850 Third Avenue, New York, New York 10022. Teléfono: (212) 407-1500.

Visite nuestro sitio en la Web:
http://www.kensingtonbooks.com

CUESTIONARIO DE ENCANTO

¡Nos gustaría saber de usted!
Llene este cuestionario y envíenoslo por correo.

1. ¿Cómo supo usted de los libros de Encanto?
   - ☐ En un aviso en una revista o en un periódico
   - ☐ En la televisión
   - ☐ En la radio
   - ☐ Recibió información por correo
   - ☐ Por medio de un amigo/Curioseando en una tienda
2. ¿Dónde compró este libro de Encanto?
   - ☐ En una librería de venta de libros en español
   - ☐ En una librería de venta de libros en inglés
   - ☐ En un puesto de revistas/En una tienda de víveres
   - ☐ Lo compró por correo
   - ☐ Lo compró en un sitio en la Web
   - ☐ Otro_____
3. ¿En qué idioma prefiere leer? ☐ Inglés   ☐ Español   ☐ Ambos
4. ¿Cuál es su nivel de educación?
   - ☐ Escuela secundaria/Presentó el Examen de Equivalencia de la Escuela Secundaria (GED) o menos
   - ☐ Cursó algunos años de universidad
   - ☐ Terminó la universidad
   - ☐ Tiene estudios posgraduados
5. Sus ingresos familiares son (señale uno):
   - ☐ Menos de $15,000 ☐ $15,000-$24,999 ☐ $25,000-$34,999
   - ☐ $35,000-$49,999 ☐ $50,000-$74,999 ☐ $75,000 o más
6. Su procedencia es: ☐ Mexicana ☐ Caribeña_____
   - ☐ Centroamericana_____ ☐ Sudamericana_____
   - ☐ Otra_____
7. Nombre: _____ Edad:_____
   Dirección: _____
   _____

   Comentarios: _____
   _____
   _____
   _____

Envíelo a: Encanto, Kensington Publishing Corp., 850 Third Ave., NY, NY 10022